ISBN: 2-915257-06-X

Simone JOURDAN

Typhaine

à l'ombre des rois

Roman historique

Du même auteur :

— *«L'oiseau et la petite olive»* (conte finaliste au concours international de Littérature Art Phare en 1990).
— *«De deux larmes du ciel»* (conte).
— *«Sur le rivage des étoiles endormies»* (conte).
— *«Sous le regard des grands moaïs»* (récit historique).
— *«La légende de la perle noire»* (légende).
— *«L'âme des fleurs»* (conte).
— *«Le chant du vent»* (roman pour jeunes).

Le recueil de poèmes *«Glisse, glisse le temps»* a obtenu la mention d'honneur du Prix Amélie Murat en 1995.

Typhaine

à l'ombre des rois

Merci à Gilles qui a fait ce que j'avais négligé de faire — me chercher un éditeur — et merci à cet éditeur qui a pris le risque de publier ce livre.
Merci à mes enfants.

Préface

Même si le souvenir laissé par Jean Doyat est parfois sujet à caution, même si j'ai créé pour le personnage principal, qui a réellement existé, une personnalité totalement fictive, ce roman se doit d'être classé dans les romans historiques.

Georges Duhamel écrit, dans ses "Remarques sur les Mémoires Imaginaires" :

«Ainsi que tous les gens sérieux, je ne crois pas à la vérité historique mais je crois à la vérité légendaire».

Prologue

Au moment où je décide de traduire en mots le déroulement de ma vie jusqu'à ce jour, il m'est difficile de trouver un point de départ. Cette vie n'est qu'un souffle dans la marche de notre monde, mais elle a de particulier qu'il s'agit de la mienne et que, de plus, ma petite Typhaine me demande d'en faire le récit. La petite Typhaine, car on a l'habitude de me considérer comme la grande Typhaine. Cependant elle me dépasse d'une bonne demi tête.

Notre roi Louis le Onzième laissera-t-il lui-même une trace dans l'histoire de l'humanité ? Que sommes-nous pour les siècles qui vont venir ? Je ne connais rien de ceux qui m'ont précédée. Sans doute ai-je entendu parler du bon roi, le grand-père du roi Charles[1]. Mais que sais-je de lui ? des évènements, quelques phrases qu'il aurait prononcées, mais rien d'essentiel. Je ne sais pas quel parfum éveillait chez lui des élans de générosité, quel arbre le rapprochait de Dieu. Je ne connais rien de ses souffrances secrètes, bien peu de ses amours interdites. Rien. Nous ne connaissons jamais rien de personne. Et cependant j'ai la prétention de vouloir laisser une trace de mon passage sur cette terre. Pour ma Typhaine. Mais, derrière une trace peut-on connaître l'animal, sa couleur, son regard, ses désirs et ses joies ? On ne peut que les supposer.

Il est difficile de débuter un récit, surtout lorsqu'il s'agit

---

(1) Le grand-père du roi Charles VIII: c'était Charles VII, père de Louis XI.

de sa propre histoire. Ce qui est important dans ce que j'ai vécu, ce sont des riens, des parfums ou des impressions furtives qui semblent s'être cristallisées pour faire partie de mon éternité. Comment les traduire ?

1

Janvier 1459

Je vais commencer par cette journée qui est restée incompréhensiblement ancrée en moi. Pourquoi est-ce que je revois cette scène banale comme si je l'avais vécue hier ? Peut-être pour la blancheur du paysage, peut-être pour le contraste entre le froid du dehors et la chaleur du dedans, peut-être pour la joie que je ressentais d'avoir des parents, des frères et une sœur, bien vivants ?

Je me vois encore, enfant malingre, arc-boutée à l'aide des pieds sur le muret du puits pour tirer la corde. Le puits était profond, le seau remontait avec lenteur, la roue grinçait. Lorsque mon corps, presque à l'horizontal, était prêt à toucher le sol gelé, j'avançais les mains une à une sur la corde pour me redresser et recommencer la manœuvre. Malgré mon aspect chétif, j'étais dotée d'une solide santé qui m'avait permis de résister aux assauts des maladies n'ayant pas épargné deux frères et une sœur, morts au cours des trois dernières années.

On était en janvier 1459, le lendemain de l'anniversaire de mes dix ans. Mes parents m'avaient nommée Typhaine car j'étais née dans la nuit de l'Epiphanie[1]. Ma mère, Margot, avait mis au monde huit enfants et il lui restait trois garçons et deux filles.

---

(1) Typhaine: Epiphanie

Un silence inusité s'était appesanti sur la nuit précédente et, au matin, nous avions découvert une neige épaisse recouvrant la campagne. Dès l'aube, mon père et mes frères s'étaient mis au travail pour déblayer l'entrée de la maison, de l'étable et de la porcherie.

Lorsque le seau apparut, je le posai d'un geste expert sur la margelle du puits. Puis je le fis glisser le long de mon flanc droit, après avoir attaché la corde. De l'eau glissait sur ma jambe, la pénétrant de sa brûlure glacée. Je me hâtai vers la maison.

Après le froid et le vent du dehors, l'intérieur me parut un havre de bien-être. Des flammes généreuses emplissaient la haute cheminée. La mère était occupée au ménage, aidée de ma sœur, une enfant de huit ans pleine de vivacité et de taches de rousseur. Marie me faisait penser aux flammes, sa présence réchauffait le foyer et ses actes étaient, eux aussi, généreux et imprévisibles. Elle contrastait avec moi par ce besoin d'indépendance qui l'habitait. Moi-même me sentais captive du regard de mes parents, de mon opinion faite sur le bien et sur le mal et je ne désirais nullement me libérer de ces entraves. Marie, elle, vivait comme le vent, comme les flammes, et je l'admirais. Elle me semblait appelée à tous les destins. Rien ne pourrait arrêter cette force qui la possédait.

Je déposai le seau, me rendis près du feu, m'assis sur un tabouret pour offrir à la chaleur mes jambes mouillées et mes mains rouges.

— Typhaine, me dit la mère, ton père te demande d'aller à l'abbaye pour y porter le porc. Tu essaieras de voir la mère abbesse. En partant dès maintenant tu seras de retour avant vêpres. Ne tarde pas pour ne pas être prise par la nuit.

Je ne parlais que très peu et je ne répondis pas. Je remarquai les deux paniers bien remplis et évaluai de suite le poids qu'il me faudrait supporter jusqu'à la ville. J'aimais descendre à Cussy[1], franchir la grande porte d'enceinte et aller au couvent. Ce jour-là, l'idée de marcher dans la neige me remplit de joie. Je changeai de chausses, ouvris le grand coffre dans lequel on rangeait le linge et en sortis un sayon[2] avec capuchon.

— Je vais le mettre aujourd'hui, maman. Il fait froid.

— Oui, couvre-toi bien, répondit la mère en s'approchant de moi.

Elle vérifia le nombre de robes que j'avais mises.

— J'ai mis les trois.

Nous avions des robes que nous enfilions les unes sur les autres pour nous protéger du froid.

La mère approuva en caressant mes cheveux longs et nattés. Elle s'attarda un instant à m'observer. Je sais que j'avais un petit visage à la peau fine et aux yeux bruns bordés de longs cils. À ma naissance, la matrone avait émis des doutes sur ma vie au-delà de deux ans:

— C'est une enfant bien frêle, avait-elle dit. Je doute, ma pauvre Margot, qu'elle vive bien longtemps.

Cependant j'étais très rarement malade. Ma fragilité n'était qu'apparente, je résistais bien à la vie rude de la campagne.

Dès le premier tournant après le poulailler, on découvrait la ville de Cussy, blottie dans le creux des collines. On apercevait les murailles d'enceinte dont étaient si fiers les habitants. "Cussy, ville royale" disaient-ils. "Déjà le roi Philippe Le Bel aimait notre ville". Sous la neige, elle était vraiment belle et insolite.

Le chemin disparaissait sous la couche blanche, mais je connaissais suffisamment les lieux pour ne pas m'égarer. Après avoir marché une demi-lieue, je mis le pied dans un

(1) Devenu Cusset dans l'Allier.
(2) Sorte de casaque ou blouse qui se portait courte ou tombant jusqu'aux pieds.

trou, tombai et lâchai mes paniers. Je me relevai avec difficulté. J'étais mouillée, j'avais froid, mes doigts gourds ne réagissaient plus. Je secouai vivement les mains pour tenter de leur redonner un peu d'agilité, puis je ramassai les paniers. Je trébuchai à nouveau et me retrouvai à genoux dans la neige. Le son de la cloche, assourdi et lointain, annonçait l'office de none[1] à l'abbaye. Un jeune homme débouchait à ce moment de derrière la rangée de peupliers qui coupait le chemin de la ferme des Guérets. Il me tendit la main pour m'aider à me relever.

— Merci, dis-je sèchement.

Je me sentais humiliée de me trouver enfoncée de cette manière dans la neige.

— De rien, damoiselle, dit le jeune homme d'un ton légèrement moqueur.

Je ramassai le premier panier et il prit le second.

— Tu portes tout cela ? Mais c'est bien lourd pour toi. Où vas-tu et d'où viens-tu ?

Son ton n'était plus railleur et je me sentis rassurée.

— Je viens de la ferme des Guérets et je vais à l'abbaye.

— Je vais par là moi aussi, donne tes paniers, je vais te les porter.

Je ne refusai pas, j'étais bien trop fatiguée et avais trop froid.

— Je m'appelle Jean, Jean Doyat. Et toi ?

— Je suis Typhaine des Guérets.

Jean était râblé et enjoué.

— Ainsi, tu vas porter tout cela à nos bonnes sœurs ? Elles vont pouvoir faire des festins avant le Carême, c'est sûr ! Ah, c'est qu'il faut prendre des forces pour le jeûne !

Je fus gênée de la désinvolture de Jean alors qu'il parlait des saintes sœurs de l'abbaye. Je me dis que jamais mes frères n'auraient osé pareilles réflexions. Le père ne l'aurait

(1) Mâtines: vers minuit / laudes: vers 3h du matin / prime: vers 6 h / tierce: vers 9h / sexte: vers midi / none: vers 15h / vêpres: vers 18h / complies: vers 9h du soir.

pas toléré. Mais je me tus. Nous avancions dans la neige et mes pieds étaient tout mouillés. Je regardai ceux de mon compagnon. Ce ne devait pas être mieux pour lui, mais il ne se plaignait nullement et continuait à plaisanter et à parler des habitants de Cussy.

— Le pelletier fait de bonnes affaires en ce moment... As-tu entendu parler de ce qui est arrivé au sellier ?... Sais-tu que la femme du maréchal-ferrant ronfle la nuit ? Elle fait tellement de bruit que ses voisins ont du mal à fermer l'œil...

Il ne tarissait pas de petits potins, le parcours me parut très court et je ne pouvais me retenir de rire à certains moments. J'avais appris plus de nouvelles sur la ville en quelques minutes que pendant des mois dans la ferme. J'étais sous le charme du discours de ce garçon qui ne semblait pas avoir vingt ans et colportait inlassablement des commérages d'une manière si gouailleuse. Nous franchîmes la porte de la Mère Abbesse et arrivâmes devant le Couvent qui se trouvait immédiatement sur la droite. Jean me tendit les deux paniers en me disant de son ton railleur:

— Veux-tu transmettre mes hommages à notre digne mère abbesse Blanche de la Tour d'Auvergne ?

Il me salua et s'éloigna en sifflotant, et je sais maintenant que je le suivis d'un regard admiratif et étonné.

J'agitai la cloche de l'entrée, près de la lourde porte de bois. Le petit volet doublé de fer forgé s'ouvrit et me permit d'apercevoir une paire d'yeux. On me demanda:

— Qui est-ce ?

— Je suis Typhaine des Guérets et j'apporte deux paniers de porc pour les sœurs.

Le volet se referma, la porte grinça lentement. Une grosse religieuse, Sœur Antoinette, aux yeux exorbités (je pensais toujours que c'était pour cette raison qu'elle était en garde de la porte, elle devait mieux voir) et au nez épaté, me reçut avec une vive et visible satisfaction.

— Entre vite, Typhaine, entre donc. Tu vas me suivre dans

la cuisine et te réchauffer un peu. Quel vilain temps, n'est-ce pas ? Tu dois être toute trempée. Tu verras, nous avons un bon feu.

Elle trottinait devant moi en continuant à parler :

— Remarque, moi j'aime bien la neige. Notre parc est si beau. Le bon Dieu y a déposé plein de petits diamants qui scintillent. Et l'hiver nous prépare le printemps !

Nous arrivâmes dans la vaste cuisine dans laquelle s'activaient trois religieuses.

— Voici Typhaine qui nous apporte du porc, annonça Sœur Antoinette. Sœur Jeanne des Anges, voudriez-vous aller prévenir notre mère abbesse ?

Il me sembla surprendre un regard hargneux de Sœur Jeanne des Anges et en fus gênée, comme si j'avais assisté à quelque chose que je n'aurais pas dû voir. Dans ma foi enfantine et naïve, j'avais toujours imaginé que seuls régnaient dans l'abbaye la bonne entente, l'amour de Dieu et du prochain et je pensais sincèrement que le Couvent était l'antichambre du paradis, un raccourci des plus agréables. J'eus en éclair la vision que je découvrais ce jour-là bien des choses. Etait-ce parce que je venais d'avoir dix ans ? On eut dit que les deux sœurs s'étaient disputées. J'avais parfois surpris chez ma mère ce même regard envers mon père.

Sœur Jeanne des Anges sortit. Sœur Antoinette m'installa sur un petit tabouret près du feu. Puis les trois religieuses déballèrent ce que contenaient les paniers avec des petits gloussements de satisfaction. La mère abbesse ne se fit guère attendre et arriva, suivie de sœur Jeanne des Anges qui marchait en regardant ostensiblement ses pieds. Mère Blanche de la Tour d'Auvergne était une grande femme bien charpentée, autoritaire, déjà âgée, et j'étais très impressionnée par sa personnalité. Je me levai et la saluai.

— Alors, Typhaine, tu es venue malgré le mauvais temps ? Nous t'en sommes très reconnaissantes. Reste assise auprès du feu et réchauffe-toi avant de repartir. Sœur Louise,

voulez-vous donner un bol de bouillon chaud à cette petite ? Cela lui fera du bien. Comment vont tes parents et tes frères et sœur ?
— Très bien, ma mère, répondis-je en tenant les yeux baissés.
— Tant mieux, tant mieux. Avec les froids actuels, il faut être solide. Pas de frère ou sœur en préparation ?
— Si, ma mère. Ce sera pour le printemps.
— Dieu bénit le mariage de tes parents. J'en suis heureuse.
— Regardez, ma mère, ce que nous a apporté Typhaine. Voilà de quoi faire de bons plats avant le Carême ! s'exclama la jeune Sœur Louise en me tendant le bol de bouillon.
— Voyons un peu, dit la mère abbesse. Des pieds de porc, du jambon, du boudin, du pâté, de la langue... C'est parfait. Mais tout cela devait être bien lourd pour toi.
— J'ai rencontré un garçon qui m'a aidée à porter mes paniers.
Mère Blanche de la Tour d'Auvergne approuva de la tête.
— Je préfère ça. Qui était-ce ?
— Il m'a dit qu'il s'appelait Jean Doyat et m'a dit qu'il vous transmettait ses... ses...
J'hésitais sur le mot employé.
— Il a dit, je crois, ses hommages.
La mère abbesse apprécia les hommages d'un mouvement de tête qui témoignait de sa satisfaction.
— Jean Doyat... C'est un des fils du greffier. Un garçon intelligent mais quelque peu frondeur.

Je sentais une douce chaleur m'envahir. Je serais bien restée ici. Je pensais alors que ce devait être bien agréable d'être religieuse, de travailler au chaud et de parler à Dieu presque toute la journée. J'avais terminé mon bol de bouillon et mes habits fumaient. Je devais partir. Je me levai. Il ne fallait pas traîner, les journées étaient courtes.

— Merci, ma Mère et merci mes sœurs, dis-je avec un petit salut.

Je pris les paniers vides et demandai timidement avant de sortir:

— Pouvez-vous dire des prières pour mes deux frères et ma sœur qui sont morts ?

— Bien sûr. Nous prierons pour eux et pour vous qui êtes encore de ce monde. Remercie tes parents. Que Dieu te garde, Typhaine.

Avant de reprendre le chemin de la maison je flânai un moment autour de la place des Gras entièrement déserte à cette heure de la journée.

À droite de la place s'allongeaient les bâtiments de l'Abbaye, d'abord le long mur aveugle de la Cour du Couvent puis la loge des mesures à huile et enfin l'Hostel Dieu et sa galerie. Cussy possédait trois églises : la chapelle du Couvent, dite du Saint Sauveur, autour de laquelle se pressaient les tombes du cimetière, l'Eglise Saint Saturnin, masquée par Notre Dame de Cussy dont les deux tours étaient semblables, en image réduite m'avait-on dit, à celles de Notre Dame de la ville de Paris et qui abritait notre Vénérée Vierge Noire.

Je longeai la vaste Maison des Chanoines, au balcon croisillonné de poutres brunes, où nous avions appris à lire, à écrire et à compter, puis je marchai dans les dédales de ruelles étroites, fréquentées par quelques enfants qui s'amusaient avec la neige. Les échoppes sombres semblaient sommeiller. Un homme se hâtait vers sa maison aux murs épais. Je repris le chemin de la mienne, le cœur et les bras légers.

Quand j'arrivai chez moi, le jour était bas et le ciel uniformément gris. L'odeur de la soupe aux choux me saisit dès que j'eus ouvert la porte. Il faisait sombre dans la maison. La mère allumait toujours les lampes à huile le plus tard possible. Et l'on se couchait dès le repas avalé. Les nuits étaient longues en cette saison, mais je ne m'en plaignais pas. J'aimais me glisser, le soir, dans le lit aux montants de bois et au matelas de paille que je partageais avec ma sœur, sous une chaude couverture de mouton. Le lit des garçons était un peu plus loin et bien plus large que le nôtre. Quant aux parents, ils couchaient dans l'alcôve, délimitée par des rideaux, dans un recoin de la pièce unique.

La cloche de l'abbaye sonna les vêpres. Le père récita le benedicite et l'on mangea en silence. Ce ne fut que vers la fin du repas, avant les grâces, que le père questionna de sa voix rauque:

— Qu'est-ce que t'a dit la mère abbesse ?

— Elle a dit merci. Elle a dit qu'elles prieraient toutes pour les frères et la sœur et aussi pour nous.

Le père émit un son qui, je le savais, traduisait sa satisfaction. La conversation était terminée. La nuit tombait rapidement, noyant en son sein tous les mots que l'on aurait aimé dire. Les flammes du foyer jetaient d'étranges formes sur nos murs sombres. La table fut vite débarrassée, la prière du soir dite, et chacun retrouva sa couche.

Pendant la nuit, j'entendis les parents discuter à voix basse, ensuite le silence et la mère qui disait “non, non laisse-moi”, et les grognements du père et je m'endormis.

2

Encore 1459

Les jours s'étiraient chaque fois un peu plus. Les conversations étaient plus faciles, mon père plus enjoué. Il avait sorti la charrue, fixé le joug sur les cornes de l'unique bœuf, blanc et costaud, et, aidé de mes frères, avait commencé un labour profond du grand champ derrière la maison. Il surveillait le temps avec quelque appréhension et se levait parfois la nuit pour interroger le ciel et s'assurer que des gelées tardives ne détruiraient pas les promesses de bonnes récoltes.

— Je ne me laisserai pas avoir, cette année, disait-il à ma mère. J'ai du bois tout prêt pour faire du feu sous les arbres s'il le faut. Mais je pense que ce sera une très bonne année. Il a fait froid cet hiver, il y a eu de la neige. Le temps doux est revenu peu à peu.

Puis le printemps éclata en fleurs et les premiers parfums se répandirent sur les collines. Les cerisiers se couvraient de multitudes de fleurs blanches. L'orge et le blé en pleine croissance étaient d'un vert tendre et brillant. Des couples d'hirondelles construisaient leur maison d'argile sous notre toit et dans l'écurie. Deux agneaux étaient nés.

La mère arrivait à son terme. Un après-midi de la fin de mai, elle se coucha, très fatiguée, et me demanda de m'occuper du repas. Le père, toujours heureux au moment des naissances, nous dit :

— Je crois que ce soir il nous faudra travailler à la lumière de l'âtre !

On entretint le feu dans la cheminée, on tira de l'eau au puits en grande quantité, on en mit à chauffer dans le gros chaudron, on prépara du linge propre sur la table et on sortit d'un coffre la petite corbeille qui nous avait tous reçus dès la naissance.

— Ma toute belle, dit le père à maman qui venait de perdre les eaux et gémissait, je suis prêt à accueillir un autre beau garçon qui nous aidera pour les labours, mais si c'est une fille ce sera très bien aussi.

À part les deux premiers, c'était lui qui avait pratiqué tous les accouchements.

— C'est comme pour les brebis, ni plus ni moins.

La mère continuait à gémir et rien ne venait encore.

— Couchez-vous, les enfants ; ce peut être long. Je vous réveillerai si j'ai besoin de vous.

Après la prière, nous nous mîmes dans notre lit, bien décidés à nous tenir éveillés pour assister à l'évènement, mais je crois que nous nous endormîmes tous, épuisés par la journée de travail.

Un grand cri nous fit bondir. Je ne voyais rien car le père me tournait le dos, face au lit où était allongée la mère. Un autre cri suivi de gémissements de plus en plus violents puis d'un hurlement de bête égorgée. Le père se retourna. Il était méconnaissable, le visage déformé par une peur animale.

— Matthieu, vite, la matrone, dépêche-toi !

L'aîné de mes frères enfila un pantalon et ses chausses et se précipita dehors. La ferme dans laquelle il devait se rendre était à une bonne demi-lieue et je savais qu'il allait courir tout le long du chemin. Il faisait encore nuit, mais un large quartier de lune éclairait suffisamment pour qu'il arrivât à bon port.

Je me souviens de cette attente, des gémissements de ma mère et des cris effrayants qui parfois jaillissaient et emplissent encore mes oreilles. J'étais sortie de mon lit et je m'étais recroquevillée dans un coin de la salle, derrière la huche. Marie s'était levée elle aussi et avait déposé une bûche dans la cheminée pour ranimer le feu.

Après un nouveau cri qui déchira la nuit, ce fut brusquement le silence. Je n'entendais plus aucun gémissement. Marie pleurait doucement près de la cheminée. Les garçons étaient debout, dos collé au mur, de l'autre côté de la salle. La puissante carrure de mon père me masquait la mère et c'est à ce moment que la porte s'ouvrit. Par l'entrebâillement, je vis que l'aube pointait. Matthieu entra, suivi de la matrone, une femme petite et rondelette.

Dame Jeanne s'approcha rapidement du lit et je la suivis. La mère ne bougeait plus. Entre ses jambes gisait un bébé mâle inanimé. Dame Jeanne le souleva, recouvrit la mère et mit l'enfant sur son ventre. Elle ferma les yeux de la mère, restés ouverts, puis, avisant l'eau qui était encore tiède, elle entreprit le nettoyage des deux corps.

— Voilà, mon pauvre Thomas, dit-elle au père qui ne bougeait pas. Il va falloir réagir, tu sais. N'oublie pas que tu as des enfants. Dieu l'a rappelée, c'était son jour, tu n'y peux rien, c'est ainsi.

Elle s'approcha de moi qui ne pleurais pas mais étais retournée derrière la huche.

— Typhaine, c'est toi maintenant qui dois tenir le rôle de la mère. Si tu as besoin d'aide, viens me voir.

Après avoir tourné un peu dans la maison, elle sentit qu'elle n'avait plus rien à faire ici et repartit.

Le temps s'était figé. Chacun restait dans la même position comme pour ne pas avoir à réaliser ce qui venait de se passer. Tout à coup le père s'inclina sur le lit, saisit dans ses bras ma mère qui portait encore le bébé sur le ventre et s'avança vers la sortie. Un regard à Matthieu qui ouvrit la porte. Il la franchit. Je me relevai, m'habillai rapidement et sortis à mon tour. De loin, je le suivis : il descendait vers la ville. Où donc se rendait-il ? Que faisait-il ? Je vis qu'il se dirigeait vers le Couvent, marchant d'un pas mécanique et régulier. Il semblait que la charge qu'il portait n'était rien. Arrivé au Couvent, il donna de grands coups de pied sur la porte. Le petit volet s'ouvrit.

— Ouvrez, cria le père, ouvrez tout de suite.

La sœur dut le reconnaître car la porte s'ouvrit et se referma derrière nous.

— Où est la mère abbesse ? Allez la chercher.

Consciente du drame et subjuguée par le ton autoritaire, Sœur Antoinette partit en courant pour aller chercher la mère abbesse.

Mère Blanche de la Tour d'Auvergne arriva rapidement, digne dans son allure et son maintien.

— À quoi servent vos prières ? hurla alors mon père, à quoi servent vos bénédictions ? Demandez à Dieu de me rendre ma femme.

L'abbesse s'approcha du corps et aperçut l'enfant.

— Mon pauvre Thomas, dit-elle.

— Rendez-moi ma femme, hurlait mon père. Rendez-moi ma femme ! Les enfants, c'est une bénédiction de Dieu ? Alors que Dieu me rende ma femme. Je lui laisse l'enfant.

— La douleur t'égare, Thomas. Suis-moi.

Je me glissai derrière le père. Mon détachement à la scène me paraît encore incompréhensible. J'adorais ma mère et cependant j'étais capable d'observer la scène comme si moi-même n'étais en rien concernée. Je crois que l'on avait oublié ma présence. Le père ne semblait jamais s'en être aperçu.

Mère Blanche nous précéda dans une grande salle avec une table en bois au milieu. Elle fit signe à mon père d'y déposer les corps.

— Son temps était venue, dit-elle, répétant sans s'en douter les paroles de Dame Jeanne, celles que l'on a l'habitude de dire pour un deuil.

Le père avait obéi aux ordres fermes de la mère abbesse.

Il restait les bras ballants, contemplant ma mère dont les paupières mal closes s'entrouvraient sur un regard vide.

— Tu dors, n'est-ce pas, ma belle ? N'est-ce pas, tu dors ? Tu vas te réveiller ! Tu ne vas pas me laisser.

Le ton s'enflait :

— Non, Dieu n'a pas fait ça, ce n'est pas vrai. Dieu n'a pas fait ça.

Sœur Antoinette reniflait et essuyait ses gros yeux rougis du revers de sa longue robe noire. La mère abbesse s'approcha des corps, joignit les mains de la morte, arrangea les plis des vêtements.

— Vois, elle est belle et calme. Dieu l'a certainement accueillie près de lui.

— Je ne veux pas ! hurla à nouveau mon père.

— Que tu le veuilles ou non, c'est ainsi, dit la mère abbesse d'un ton plus sévère. Que la volonté de Dieu soit faite et non la nôtre. Retourne auprès de tes enfants. Je vais m'occuper d'elle, faire venir le prêtre pour administrer les derniers sacrements et pour baptiser le petit.

Lorsque nous sortîmes de l'abbaye, je n'osai pas parler à mon père. Je crois qu'il ne m'avait pas encore vue. Je le suivis jusqu'à l'auberge et restai à l'extérieur tout en regardant ce qu'il faisait. Il but trois cervoises puis resta à regarder les verres d'un regard aussi vide que celui de la morte. Le tavernier lui demanda :

— Qu'est-ce qui ne va pas, Thomas ?

Il ne répondit pas.

Je restai une bonne heure à le surveiller, puis je me décidai à entrer dans la taverne. Je craignais que mon père se saoulât toute la journée, fût incapable de rentrer à la ferme et se laissât enfermer dans la ville. Je ne voulais pas être seule avec mes frères et sœur cette nuit dans la maison.

— Père, il faut rentrer. Venez.

J'ajoutai au tavernier :

— Nous vous paierons une autre fois.

— Que se passe-t-il, petite ? Je n'ai jamais vu ton père dans cet état.

Je me trouvai obligée d'énoncer des faits qui brusquement prenaient corps dans une réalité que je n'avais pas encore soupçonnée :

— C'est ma mère. Elle est morte ce matin.

Mes yeux alors s'emplirent de larmes et je reniflai. Mon deuil commençait.

— Venez, père, suivez-moi.

— Petite, vous ne me devez rien. Je ne peux pas faire plus, je le regrette, me dit le tavernier, un grand homme maigre et aux cheveux tout blancs.

Je pris le père par la main et nous sortîmes. Je le ramenai à la maison tel un enfant qu'il me fallait guider.

À notre retour, je remarquai que la pièce était propre. Je préparai la soupe, sortis le pain de la maie, le coupai en tranches, donnai des ordres à mes frères et sœur qui m'obéirent sans broncher. Au moment de nous mettre à table, et alors que tous nous étions assis sur les bancs, je dis au père d'une voix assurée :

— Père, dites le benedicite.

Il me regarda. J'avais pris la place qu'occupait ma mère. La décision avait été dure à prendre, mais il me semblait que je le devais : "C'est à toi de t'occuper de la famille" m'avait dit la matrone. J'attendais la réaction du père qui pouvait être très violente. Marie fit bouger son bol, Matthieu toussa, Joseph se racla la gorge, Juste renifla.

— Benedicite… commença mon père de sa voix rauque.

3

1466

La vie avait repris son rythme mené par les saisons et le travail de chacun des mois de l'année.

Les terres sur lesquelles nous vivions et que nous exploitions appartenaient aux religieuses du Couvent. Je tenais les comptes et les présentais régulièrement à la Mère Abbesse. Outre la part qui revenait aux religieuses, nous vivions dans une relative aisance. Grâce aux cours du Couvent que chacun de nous avait suivis pendant deux ou trois années, nous savions tous lire et compter. La mère Abbesse appréciait notre travail et notre famille. Nous n'avions pas à nous plaindre de notre sort. Depuis trois ans, nous possédions un cheval, une belle bête forte et puissante qui, à elle seule, remplaçait deux bœufs et tirait la lourde charrue en fer que nous avions également depuis peu de temps. Cela permettait à mon père et à mes frères d'effectuer plus profonds les labours de mars et de novembre. Nos récoltes s'en étaient améliorées dès la première année. Et maintenant, nous descendions tous à la messe, le dimanche, dans la charrette.

Chaque mois apportait ses travaux spécifiques et ses petites joies : le sacrifice du porc en décembre, les semailles de mars à l'odeur pleine d'espérance, la taille de la vigne en avril, les naissances du printemps, la tonte des moutons en juin, la moisson en juillet avec sa senteur de chaumes, les récoltes des pommes et la vendange en septembre.

Le père demeurait toujours très actif mais taciturne. Il

n'avait plus les rires communicatifs et les réparties joyeuses qu'il aimait du temps de notre mère. Nous, les enfants, nous travaillions dur en toutes saisons.

Matthieu avait atteint dix-neuf ans. Il s'échappait souvent vers la ville pour y retrouver Jeannette, la fille du maréchal-ferrant, une jolie brunette pleine d'entrain.

Juste et Joseph avaient respectivement dix-huit et quatorze ans.

Je m'étais développée, mais restais toujours un peu malingre pour mes dix-sept ans. Le travail ne me laissait guère le temps de m'occuper de moi-même et je ne m'évadais que rarement de la ferme. Je me rendais surtout à l'abbaye, seule ou avec ma sœur Marie. Celle-ci semblait plus solide que moi et se développait d'une manière plus harmonieuse. À quinze ans, elle était déjà aussi grande que moi, elle riait plus facilement, avait gardé ses taches de rousseur et l'habitude de babiller. Pleine de vivacité et de spontanéité, elle animait les repas familiaux qui, sans elle, auraient été bien ternes. Toutes deux, nous nous occupions du bétail et de la traite, des volailles, de l'entretien de la maison et du linge, des repas, de la fabrication du pain, du beurre et du fromage. Pendant les veillées ou les mois de morte-saison, nous filions la laine de nos moutons.

On était à la mi-septembre, un mois que j'aime particulièrement. Les jours sont doux, le soleil moins ardent qu'en août, le ciel bleu tendre est souvent lavé de tout nuage. Les raisins étaient bons, les vendanges allaient commencer et elles seraient terminées pour la foire de la Saint-Michel.

Le repas réunissait toute la famille. Le père disait toujours le benedicite et Matthieu était en général chargé des grâces. Ce jour-là nous étions en grande discussion.

— Père, qu'allons-nous vendre à la fête de la Saint-Michel ? demanda Matthieu.

— Vendons l'un de nos bœufs et les deux génisses. Également deux ou trois brebis, deux agneaux, cinq des porcelets. Typhaine, qu'est-ce que nous pouvons avoir de votre côté ?

— Il y aura une bonne quarantaine de lapins qui pourront partir, une dizaine d'oies et une trentaine de poules. Également trois paons.

La ferme tournait bien et la foire de la Saint-Michel était une occasion de rentrer de l'argent, d'échanger avec le pelletier, une vieille connaissance du père, des volailles contre des pelisses ou des couvertures, selon la nécessité, pour l'hiver qui approchait. Chaque année, aidée de ma sœur, je répertoriais les besoins de la famille. Tout était soigneusement noté et soumis à l'approbation de la Mère Abbesse.

— Cette année, il faut que nous achetions une couverture et je pensais, père, que vous pourriez changer votre pelisse qui est vraiment très usée.

— Pour ce que j'ai à en faire ! Ce sera bon encore pour cette année… Je ne crois pas que nous ayons une très bonne récolte de vin cette année. Nous payons le manque d'eau du début d'année. Trois lunes sans eau et ensuite la gelée !

Mon père disposait de quelques arpents de vigne dont l'exploitation lui avait été entièrement concédée et pour lesquels il n'avait rien à déclarer au Couvent. Le vin récolté suffisait généralement à la consommation très modérée des hommes et à quelques tonnelets au tavernier. Chaque année on en offrait également au Couvent. Les religieuses possédaient elles-mêmes un grand nombre de vignes et nous devions attendre que leurs vendanges soient faites pour effectuer la nôtre.

— Il paraît que notre duc a apprécié la qualité de notre vin quand il est passé à Cussy et qu'Etienne lui en a offert une coupe. Je pensais que nous pourrions lui en offrir un tonnelet pour les fêtes.

— Père, vous n'y pensez pas ! protesta Marie avec indignation. Le duc a de quoi payer son vin. Et il profite assez largement du travail des autres ! Et vous voudriez encore lui faire des cadeaux !

— C'est notre duc, Marie, voyons…

— Et alors ? Chacun à sa place, je suis d'accord. Gardez donc votre vin là où il est. Vous et mes frères en avez autrement besoin que lui.

Matthieu approuva la véhémence de ma sœur. Je ne donnai aucun avis. Je pensais que ma sœur avait raison mais le respect que je devais au duc m'empêchait de prendre position. J'opinais avec fermeté que Dieu avait placé chacun à sa place et que respecter le seigneur était respecter la volonté de Dieu. Si le duc était parfois dur et exigeant, c'était qu'il avait ses raisons secrètes que seuls Dieu et lui-même pouvaient connaître. Je voyais combien toute la famille travaillait et combien il était cependant difficile de s'acquitter des taxes imposées mais je remerciais Dieu d'avoir une famille si travailleuse, si bien portante et trouvais que la part qui m'était impartie était bonne.

Je me souvins soudain de la ferme des Marais.

— J'ai appris que le père Jérôme ne peut plus du tout travailler, dis-je. Il est complètement paralysé. Maintenant il ne reste plus à la ferme que Jacques le Simplet, et sa mère, la vieille Julie, qui ne pourra bientôt plus rien faire. Je me demande comment ils vont vivre, ceux-là.

Le père hocha la tête. Marie ne le laissa pas à ses réflexions :

— Alors, père ?

— Oui… Vous apporterez de temps en temps une volaille… et de la farine.

— C'est à eux que vous pourriez offrir un tonnelet, père, ajouta fermement Marie. Nous leur apporterons également du fromage et des choux, et du lard.

— Eh, ma fille, du calme ! … Après tout, faites ce que bon vous semble, toi et ta sœur.

Je repris la parole :

— Il faudra cette année acheter du tissu pour des chausses, des chemises et bliauds. Nous sommes obligées de renouveler la plupart de vos vêtements. Je voudrais également… Je voudrais acheter du tissu pour deux robes, une pour Marie et une pour moi.

Le père acquiesça de la tête. Il ne refusait rien à ses filles et d'ailleurs nous ne profitions pas de cet avantage pour nous-mêmes mais bien plutôt pour nos frères, menés avec beaucoup plus de sévérité. C'est moi qui avais obtenu pour Matthieu la permission de descendre à la ville pour y rencontrer Jeannette. Et c'est moi que Matthieu avait sollicitée pour obtenir la construction d'une aile à la ferme. Il envisageait son mariage mais craignait d'en parler lui-même au père. Je pensais que le moment des requêtes était arrivé.

— J'ai pensé, père, que vous pourriez, avec mes frères, commencer des travaux dans la ferme.

— Quels travaux ?

— Eh bien je crois qu'il serait temps d'agrandir ce corps de bâtiment pour Matthieu et sa future femme.

Mon père leva les yeux vers Matthieu tout en gardant son assiette de soupe près du visage.

— Tu as l'intention de te marier ?

— Vous le savez bien, mon père.

Le père reposa l'assiette et s'essuya les lèvres de ses manches.

— Une fille de maréchal-ferrant… Ça ne saura rien faire de bon.

Matthieu me lança un regard éploré et j'enchaînai très vite:

— Détrompez-vous, mon père. Jeannette est une bonne et brave fille, très courageuse. Et nous avons besoin d'aide, avec Marie.

— Et puis, ajouta vivement Marie, avouez, que vous serez bien content d'avoir un beau petit-fils. En tout cas, moi, je suis enchantée à l'idée d'être bientôt tante.

Le père garda un moment de silence, puis :
— Et où va-t-on les mettre, nos tourtereaux ?
— C'est bien pour cela que je vous demande de construire un bâtiment contigu à notre ferme... Où bon vous semblera, père. Mais il faudrait se mettre au travail le plus tôt possible. Matthieu voudrait se marier au plus vite.
Mon père regarda mon frère :
— Tu es si pressé ?
— Oui, père.
— Hum... Ne va pas trop vite, je ne veux pas ici d'un enfant du péché. Bon, j'irai voir le maréchal-ferrant. Typhaine, tu parleras à notre Mère Abbesse de l'agrandissement que nous pensons faire.
Matthieu nous sourit à moi et à Marie pour nous remercier. Marie conclut sur le sujet en ajoutant :
— Je crois qu'il faudra acheter une couverture de plus à la Saint-Michel. Du moins, en penser l'achat avant le printemps...

Il faisait un temps splendide en ce jour de la Saint-Michel.

Tôt le matin, Juste avait descendu le bœuf blanc et les deux génisses que nous avions décidé de vendre. Nous avions attelé notre cheval et chargé les porcelets, les lapins et la volaille, les œufs, le fromage et les différents légumes que nous voulions également vendre ainsi que plusieurs paniers de pommes. Nous avions hissé les sacs de grains : il y en avait seize. Nous avions également de la laine. Une belle vente en vue.

Descendre à la ville n'était pas de tout repos, le chemin n'était pas bon, mais il était sec. Ma sœur chantait avec Joseph et mon père semblait satisfait. Quant à moi j'étais heureuse de sentir cette bonne humeur. Rien ne me plaisait autant que de voir mon père souriant et mes frères joyeux. Matthieu conduisait l'attelage. Pour lui, la journée était importante car ma sœur et moi avions décidé notre père à faire la demande en mariage ce jour même. Sinon, ne venant en ville que pour la messe dominicale, il risquait de ne parler au maréchal-ferrant que bien plus tard.

Notre chariot en bois entra, cahotant, par la porte de la Mère. À droite se trouvait le Couvent et nous descendîmes les bêtes aux pieds des murs d'enceinte, là où Juste avait commencé un enclos pour les porcelets, les lapins et la volaille. Le bêlement de nos moutons et le cri aigu des porcelets pris de panique se perdaient dans le brouhaha général de la foire. Il y avait déjà du monde, pourtant il était encore tôt. Marie et moi nous rendîmes à l'emplacement où nous allions nous installer près du boisseau à grains construit dans la pierre. Nous débarquâmes notre chargement et nous nous assîmes par terre après avoir installé nos produits de manière à les exposer le mieux possible tandis que mon père conduisait le chariot vide près de mes frères. Après avoir dételé le cheval, il l'attacha à un anneau scellé dans le mur en attendant de se rendre plus tard chez Jules, le maréchal-ferrant.

La foule se faisait de plus en plus dense. Les maquignons étaient particulièrement entourés et j'espérais que nos bêtes se vendraient vite et bien. Pour cela, je comptais sur Juste, le plus hardi de mes trois frères. Les femmes, elles, venaient tâter nos choux, observaient nos fromages, jaugeaient nos pommes, palpaient notre laine. Marie n'avait pas son pareil pour vanter la marchandise. Je la laissai bien vite seule à la vente pour aller faire un tour du côté du drap que je voulais acheter au meilleur prix.

Dans les rues de Cussy, l'animation était intense. Outre les paysans et les marchands venus de loin pour l'évènement, les boutiquiers de la ville avaient ouvert les volets de bois et rabattu vers l'extérieur une planche sur laquelle ils étalaient leurs marchandises. On s'interpellait, on plaisantait, on palpait, on marchandait, on riait, on criait. Je m'arrêtai d'abord pour admirer des chaudrons en bronze et des cruches pansues en terre vernissée. Ma quête de drap me mena jusqu'à la place du Petit Pavé. En son milieu se dressait l'estrade que l'on monte pour l'exposition des voleurs et je vis, attaché à l'échelle infamante comme nous l'appelions, un homme au visage rougi par le soleil. Il était jeune. Je m'adressai au vendeur de drap auprès duquel je tâtais une belle serge bleue qui me semblait de bonne qualité.

— Qu'a donc fait cet homme pour être attaché ainsi ?

— Ne le connais-tu pas, ma belle ? répondit-il d'une voix tonitruante. C'est ce vaurien de Jean Doyat. Il a profondément déplu à notre seigneur le Duc[1].

Je quittai le comptoir pour gravir les marches et m'approcher du prisonnier. Je reconnus le jeune homme qui m'avait aidée, un jour d'hiver, à porter mon lourd panier. Lui, visiblement, ne me reconnaissait pas.

— Alors, la belle, on regarde Jean Doyat ? me lança-t-il. N'as-tu vraiment rien de mieux à faire ? Attention, la vue d'un mauvais garçon peut être dangereuse et porter malheur. Eloigne-toi vite.

Il n'avait pas perdu sa verve. Je compris que son amour-propre lui commandait de paraître se rire de ce supplice déshonorant et bien peu agréable sous le soleil encore cuisant de cette fin de septembre.

Sans lui avoir adressé la parole, je m'éloignai pour revenir quelque temps plus tard avec une cruche d'eau. Je gravis les marches de l'estrade et approchai le goulot des lèvres du jeune homme. Il but avec avidité.

— Serait-ce trop te demander de me verser le reste de la cruche sur la tête, ma toute belle ? me demanda Jean.

Je reconnus le ton railleur. Je versai lentement l'eau sur les cheveux et le visage rougi par le soleil.

— Merci, jolie. Peux-tu me dire ton nom ?

(1) Le Duc Jean II de Bourbon, beau-frère du roi Louis XI.

— Nous nous sommes déjà rencontrés, Jean Doyat. Je suis Typhaine des Guérets.

— La petite fille au panier ? Est-ce possible ? Et bien tu as grandi et … et tu es devenue bien belle.

Je me contentai de hausser les épaules et redescendis les marches pour aller rejoindre mon marchand.

Celui-ci avait assisté à la scène et c'était lui qui m'avait prêté la cruche. D'une voix cette fois-ci très basse, il me dit:

— Tu connais cet homme, petite ?

— Je l'ai rencontré il y a bien des années, quand j'étais petite fille, et il a été très bon pour moi.

— Sais-tu qu'il connaît le roi[1] ? En fait, les partisans du Duc lui en veulent, je ne sais pas trop pourquoi. Je crois qu'il les a traités de voleurs. Mais je ne t'ai rien dit, petite, garde cela pour toi, j'ai pas envie d'avoir des ennuis, tu sais.

Tout en tâtant à nouveau les draps je m'enquerrai :

— Combien de temps va-t-il rester attaché, comme ça ?

— En fin de matinée il doit déclarer, devant les hommes du Duc, avoir tenu des discours mensongers et diffamatoires.

J'achetai ici du drap pour les vêtements des hommes, décidée à revenir ensuite avec Marie pour le tissu de nos robes. Je pensais au mariage de Matthieu et me dis que nous devions tous être corrects pour ce jour-là. Il y avait si peu d'occasions de fêtes que mes frères n'avaient même pas de bons habits à porter.

Ma sœur avait déjà bien vendu. Je partis chercher Joseph afin de lui demander de la remplacer pendant que nous irions toutes deux choisir le tissu nécessaire. Quand j'arrivai près de mes frères, je vis mon père sur le point de partir chez le maréchal-ferrant. Par la suite, Jeannette, qui tenait le récit de la bouche d'un de ses frères présents à la scène, nous conta

(1) Louis XI.

comment s'était déroulé l'entretien entre son père et le nôtre et je te livre ce récit tel qu'elle me le fit ou tel qu'il est resté dans ma mémoire :

— "Lorsque votre père arriva chez le mien, il douta certainement avoir choisi le bon jour. Il y avait affluence. Bien des fermiers venus à l'occasion de la foire en profitent pour faire ferrer les chevaux. Aidé de mes deux frères et d'un apprenti, mon père suait dans son sarrau bleu. Votre père était venu avec son cheval qui avait besoin de renouveler ses sabots, disait-il.

— Tu vas être obligé d'attendre un moment, Thomas, lui dit mon père. Nous en avons deux avant le tien. Veux-tu revenir plus tard ?

— Non, j'attends ici.

Un de mes frères et l'apprenti enlevaient les fers usés et grattaient le sabot pour le tenir prêt tandis que mon père et mon frère aîné battaient et plaquaient le fer au milieu de la vapeur et du bruit.

— Je peux vous être utile ? risqua Thomas.

Mon père leva les yeux et le regarda avec étonnement.

— Après tout, ce n'est pas de refus.

Votre père maintenait ferme la patte arrière gauche de son percheron tandis que mon père appliquait le fer fumant avec précaution.

— Je me demandais... commença Thomas

— Oui, tu te demandais quoi ?

— Nos enfants, ils s'aiment. Est-ce que tu laisserais ta fille à mon Matthieu ?

Mon père ne répondit pas de suite. Les lèvres serrées, il s'appliquait à son ouvrage.

— Tiens ferme... C'est une sacrée bête que tu as là.

Un silence suivit. D'après mes frères, aucun des deux hommes ne se sentait à l'aise dans cette conversation et le travail leur donnait heureusement une contenance.

— Ma foi, je ne pensais pas que la Jeannette deviendrait fermière.
— Tu sais que la ferme tourne bien. Nous allons faire une bonne vente aujourd'hui. Et avec les garçons on va agrandir la ferme pour que les nouveaux mariés soient bien chez eux. C'est un travailleur, mon Matthieu.
— Je le sais bien... Vous êtes nombreux sur cette ferme, vrai?
— Il y a des bras pour la faire tourner et du terrain, c'est pas ce qui manque. Elle rend bien, et après avoir versé la part due aux nonnes, il nous reste de quoi vivre à l'aise. Ta Jeannette, elle sera bien avec nous. Et avec mes filles, elle trouvera des sœurs.
— De toute manière, c'est ma fille qui choisira et je crois que c'est déjà fait. Je lui en parlerai ce soir et nous verrons alors.
— Le Matthieu voudrait faire la noce au plus vite. Il dit qu'il est pressé.
Mon père, paraît-il, partit d'un gros rire.
— Alors, il faut pas le faire attendre ! Quand penses-tu qu'on pourrait faire la noce ?
— Au printemps, si possible. Que dirais-tu d'avril ? Nous aurons eu le temps de faire les travaux pour accueillir ta fille. Et puis, c'est une bonne saison pour tout commencer...
Mon père hocha la tête :
— Il se peut bien que dans deux ans nous soyons grands-pères tous les deux. Enfin, je vais en parler aux femmes et on verra ce qu'elles décident. Voilà, C'est fini, tu peux reprendre ton cheval. Tu enverras ton fils pour la réponse.

C'est plus ou moins ce que nous raconta Jeannette qui ajouta que, de toute manière, elle en aurait fait à sa tête. Sa mère était une maîtresse femme, corpulente et un tantinet moustachue, excellente femme au demeurant. Elle était au courant des sentiments de Jeannette pour Matthieu et approuvait le projet de mariage.

Mon père rejoignit mes frères. Joseph avait rejoint son poste près du bétail et Marie avait repris sa place près du boisseau à grains. J'étais venue prendre de l'argent auprès de mes frères et m'enquerrais des ventes. Le bœuf, les deux génisses et les brebis étaient déjà partis et il ne restait plus que deux porcelets, une dizaine de lapins, deux coqs et cinq poulets ; les paons étaient tous vendus. Matthieu comptait pour la troisième fois l'argent qu'il avait serré dans un morceau de drap. Il s'interrompit quand apparut mon père.

— Alors père, vous avez vu Jules ? demanda-t-il avec une pointe d'anxiété dans la voix.

Le père ne répondit pas de suite. Il attachait le percheron à l'anneau réservé à cet effet dans la muraille.

— Oui, je lui ai parlé.

— Alors ?

— Alors quoi ? Il a ferré le cheval.

— Père, s'il vous plaît, ne vous moquez pas de moi. Qu'a-t-il dit ? Il accepte ?

— Il ne manquerait plus qu'on refuse un des fils de Thomas des Guérets ! Il te donnera la réponse de sa fille demain.

— Merci, oh merci, père. Pour Jeannette, je ne me fais pas de souci. Elle acceptera de suite. Elle ne savait pas trop comment allait réagir son père. Il aurait aimé qu'elle épouse le fils du sellier. Mais il bégaie et il louche. Elle a dit à son père que jamais elle ne l'épouserait, qu'elle se sauverait plutôt de la maison.

— Dis donc, ça a l'air d'une sacrée femme, mon fils ! Elle va te mener par le bout du nez !

— Oh, je ne demande pas mieux. Elle a toujours d'excellentes idées et elle est très bonne, vous verrez, père.

— Je l'espère pour toi… et pour nous, évidemment, car ce sera une femme de plus à la maison.

— Je crois que vous n'avez pas à vous plaindre des

femmes, n'est-ce pas, père ? affirma Joseph.
— Non, bien sûr. Votre mère était une femme... extraordinaire. Mais il en est de grincheuses, de dépensières ... et je souhaite qu'aucun de mes fils ne tombe sur celles-là.
Le père faisait rarement de tels discours. Aujourd'hui, il était de bonne humeur. Il avait mené à bien sa demande en mariage, la vente était bonne, le ciel magnifique, la vendange avait été meilleure que prévu et pour la première fois depuis bien longtemps je lui voyais le cœur léger.
— Après none et avant de remonter à la ferme, mes fils, nous irons tous à la taverne pour fêter ce jour. Qu'en dites-vous ?
Mes trois frères rayonnaient, moins à l'idée d'aller pour la première fois à la taverne qu'à celle de retrouver un père enjoué, tel qu'ils l'avaient oublié, tant il était resté terne et taciturne depuis la mort de notre mère. Et pourtant, on se souvenait vaguement de chants, de rires, de plaisanteries. C'était "avant" comme on avait l'habitude de dire. Est-ce que le père allait reprendre une vie sociale plus ouverte ?

Je ne revins pas sur la place du Petit Pavé. Je ne voulais pas assister à l'humiliation publique de Jean Doyat et pensais qu'il n'apprécierait pas ma présence. J'appris dans l'après-midi, par une conversation entre deux maquignons que je me permis d'écouter, que les amis du duc étaient venus recevoir ses paroles d'excuses. Je sus aussi que le jeune homme était devenu un proche de notre roi Louis le onzième mais que cela ne le mettait nullement à l'abri de la justice du duc, beau-frère du roi. On disait que ses frasques étaient fréquentes. Il avait déjà échappé de justesse à la pendaison, il y avait à peine quatre mois, pour avoir enlevé la femme d'un médecin allemand.

Je me souviens du retour à la ferme, ce jour-là. C'est un jour de bonheur qui est resté gravé dans mon cœur pour des détails infimes que je considérais importants. Et maintenant, avec le recul, je crois que j'avais raison. Mon père était changé, il riait et plaisantait avec mes frères. Nous avions bien vendu et la mère abbesse, à qui je devais aller présenter les comptes quelques jours plus tard, serait certainement heureuse de notre travail. Nous faisions fructifier le domaine du Couvent. Matthieu conduisait le chariot, assis près du père. Il rayonnait de bonheur. Tous deux discutaient de la noce qui aurait lieu au début du printemps. Marie me regardait en riant et je pensais qu'une ère nouvelle s'ouvrait pour nous.

4

Toujours 1466

Nous avions compté et recompté l'argent gagné lors de la foire de la Saint-Michel et nous l'avions rangé dans le pot en terre, en haut de la cheminée: tout s'était bien vendu, des génisses aux porcelets, des lapins aux volailles, des œufs aux choux. Deux porcelets et deux lapins avaient été échangés contre une magnifique pelisse pour notre père. Ce dernier avait répété maintes fois qu'il n'en avait nul besoin mais son sourire de satisfaction lorsqu'il avait caressé la peau intérieure m'avait rassurée sur ma décision. La vieille pelisse passerait à Joseph. L'an prochain nous verrions à renouveler celle de Matthieu si l'année était bonne.

C'était le matin et les hommes étaient partis aux champs. Marie et moi avions étalé le drap sur la table et nous calculions comment nous allions le répartir entre nos quatre hommes. Tout en mesurant et coupant, nous parlions du mariage de Matthieu et de la construction de la maison. La veille, Matthieu était descendu à Cussy recevoir l'accord définitif pour son mariage avec Jeannette. Au repas du soir il nous avait conté comment il avait été reçu. La mère de Jeannette avait tenu à lui montrer le coffre dans lequel étaient serrées les robes de sa fille, mise à part celle qu'elle porterait pour le jour des noces. Elle allait également lui donner une belle couverture de peau de mouton. La famille du maréchal-ferrant devait monter au grand complet aux Guérets le dimanche suivant, après la messe, pour discuter des dates des fiançailles et du mariage. Tandis que ma sœur et moi filions près de l'âtre, la veille au soir, les discussions à propos de l'agrandissement de la ferme, de son emplacement, des matériaux, avaient été passionnées entre les hommes, et nous y avions nous-mêmes apporté notre contribution.

Le lendemain je devais descendre au Couvent et mettre Mère Blanche de la Tour d'Auvergne au courant de nos projets. Je n'avais aucun doute sur son accord et m'imaginais facilement sa satisfaction quand elle verrait combien nous avions bien fait fructifier les terres cette année. Je lui soumettrais les comptes, recettes et dépenses, et lui paierais le droit de leyde(1) que nous lui devions. Je lui annoncerais le mariage de Matthieu qui ne pourrait que la réjouir car Jeannette était une bonne fille, généreuse et pieuse.

Pour le moment, nous voulions que les hommes eussent leur nouveau vêtement prêt avant la venue des froids.

La porte était grande ouverte et, comme le beau temps était tenace, la lumière entrait à flots, ajoutant à notre bonne humeur à toutes les deux.

Penchées sur notre tissu, nous sûmes que quelqu'un était à la porte par la soudaine obscurité qui envahit la table. Je me retournai vivement : un homme dont je ne pus distinguer les traits à cause du contre-jour emplissait toute l'ouverture. Je reconnus la voix :

— Bonjour, gentes damoiselles.

La stupéfaction me laissa coite. Marie interrogea :

— Que voulez-vous ? Si vous venez pour mon père, il n'est pas là.

---

(1) Les droits perçus sur le blé étaient appelés la grande leyde et les droits perçus sur les autres marchandises étalées le jour de la foire étaient nommés la petite leyde.

— C'est Jean Doyat, dis-je à ma sœur qui était au courant de l'épisode du marché.

Jean resalua. Nous pouvions cette fois distinguer son sourire railleur. Comme nous gardions toutes deux le silence, il expliqua :

— J'ai su que vous aviez de belles volailles au marché, malheureusement, le jour de la Saint Michel, j'étais retenu par des obligations... auxquelles je ne pouvais pas me soustraire. Aussi je venais voir si vous aviez encore quelques poulets et poules à me vendre.

Le subterfuge était un peu grossier, mais il valait mieux avoir l'air de s'y laisser prendre et j'eus, je crois, le bon réflexe.

— Nous allons vous mener au poulailler et vous pourrez faire votre choix. Si vous voulez nous suivre.

Marie et moi sortîmes et Jean nous suivit. Il nous restait encore des poulets et des poules et nous avions cinq coqs. Jean regardait les bêtes avec un trop grand intérêt pour être crédible.

— Que me conseillez-vous ? Cette poule blanche là-bas ? Elle me paraît bien grasse. Et choisissez-moi trois poulets et deux autres poules.

— Comment allez-vous les transporter ?

— Vous me les attachez solidement trois par trois, un paquet pour chaque épaule.

Nous entrâmes dans l'enclos, Marie et moi, et nous tentâmes d'attraper les volailles choisies qui ne se résignaient pas à se laisser faire. J'étais gênée car je sentais sur nous le regard moqueur de Jean tandis que nous nous agitions pour saisir les bêtes. Nous les attachâmes ensuite solidement par les pattes. Quand nous lui tendîmes les bêtes, Jean me mit dans la main plus du double de ce que valaient les bêtes et me dit :

— J'espère que cela couvrira le dérangement.

Je le remerciai brièvement. Il me regardait et je ne savais

quoi dire. Marie me sortit d'affaire :

— Vous voulez encore quelque chose ?

— Non, non, rien du tout… Vous avez peut-être du fromage ?

— Non, répondit Marie. Nous avons tout vendu à la foire et n'avons encore rien fait depuis.

— Très bien. Peut-être pourrai-je revenir la semaine prochaine. Vous en aurez bien, alors ?

— Je pense que oui.

— Il me faudra aussi des œufs, mais pas aujourd'hui. Je vous laisse donc, damoiselles. À bientôt.

Il s'éloigna, un paquet sur chaque épaule. Les volailles s'agitaient, mais lui ne semblait en avoir cure. Quand il fut déjà loin, nous nous regardâmes, ma sœur et moi, et éclatâmes de rire.

Tandis que nous coupions le drap, Marie me taquinait :

— Avoue donc qu'il te plaît. Tu es devenue toute rouge quand il est arrivé.

— Je le trouve amusant. Mais … je t'ai raconté l'histoire de la femme du docteur allemand.

— Je sais. En tout cas, tu lui plais. Il ne faisait que de te regarder. Je me demande s'il m'a vue, moi.

— Crois-tu qu'il faut que j'en parle au Père Eugène ?

C'était mon confesseur.

— Lui parler de quoi ? Que tu as rougi quand tu as vu Jean Doyat ?

— Lui demander ce que je dois faire s'il revient.

— Comme aujourd'hui, ni plus ni moins. S'il veut acheter du fromage, des œufs et des poulets deux ou trois fois plus cher, ça le regarde. Tant mieux pour nous.

— Tu ne penses pas que c'est du vol ce que nous faisons ?

— Du vol ? Nous ne le forçons à rien et nous ne lui avons pas menti sur les prix.

J'étais d'un côté rassurée de ne pas avoir à raconter mon émoi à mon confesseur, mais je me sentais très démunie devant mes propres réactions. Je sentais que si je plaisais à Jean, lui ne m'était pas indifférent. Cependant mon manque d'expérience me faisait amèrement regretter la présence de ma mère. Je m'imaginais que Jean avait vécu une grande passion pour cette femme qu'il avait enlevée — passion qui lui avait presque coûté la vie — et je me disais qu'il devait avoir besoin de réconfort après une telle aventure. Ce n'était pas à mon père que j'allais raconter cela, ni à la Mère Abbesse qui m'avait jusque-là conseillée dans ma vie quotidienne. Je gardai mes réflexions pour moi et m'efforçai à ne m'intéresser à rien d'autre qu'à la confection du premier bliaud.

Le dimanche arriva. Après la messe, Jeannette, ses parents, les deux fils et les deux petites sœurs parcoururent la bonne demi lieue qui séparait l'église Saint Saturnin de notre ferme. La plus jeune, âgée de cinq ans, était juchée sur les épaules du frère aîné. Nous étions nous-mêmes revenus de la messe un peu plus tôt pour être là afin de les accueillir.

Jeanne était radieuse. Elle écoutait avec attention les explications de mon père qui décrivait comment il envisageait l'installation du jeune couple. Il montra les blocs de pierre qu'ils avaient déjà amassés près de l'emplacement choisi.

— Nous allons nous mettre immédiatement au travail, expliqua-t-il, pendant que le temps est encore doux. Comme cela, même si les gelées durent longtemps, tout sera prêt en avril prochain.

Nous avions passé notre samedi avec Marie à préparer des pâtés et des tartes. Nous nous sommes réunis autour de la table pour partager le pain sorti de la maie et Marie eut droit aux félicitations de Jules et d'Eléonore pour son pâté de canard, recette qu'elle tenait de Sœur Isabelle.

Père tira du vin, un peu aigrelet, mais que tout le monde, dans l'euphorie du moment, eut le bon goût de trouver délicieux.

Jeannette nous posait des questions sur le travail à la ferme.

— Je veux être utile et vous me direz ce qu'il faut faire. J'ai peur d'être bien ignorante.

— Comment, ignorante ? protesta sa mère. Tu sais faire le pain, la bouillie d'avoine, les lentilles au lard, la soupe aux choux ...

— Mais je ne sais pas traire, je ne connais rien aux porcs ni aux moutons.

— Tu sais entretenir le linge, soigner les enfants — elle s'est fort bien occupée de ses sœurs...

— Mère, dit Jeannette en riant, ne vantez pas la marchandise ! Matthieu est prêt à me prendre telle que je suis, ignorante ou pas. N'est-ce pas, Matthieu ?

Mon frère répondit qu'il la prendrait même si elle devenait lépreuse et tout le monde se mit à rire.

Marie et moi-même étions ravies de notre future belle-sœur qui allait partager notre vie et mettre son entrain dans la maison. Marie lui dit que nous étions enchantées de nous décharger d'une partie des corvées sur elle :

— Nous ne ferons plus rien. C'est toi maintenant qui rallumeras le feu, tireras l'eau, prépareras les repas, donneras à manger aux bêtes, trairas les vaches, entretiendras le linge et la maison, battras la crème pour le beurre et le fromage, carderas la laine, porteras le grain au moulin du Couvent ...

Elle chercha mes yeux pour l'aider dans sa liste et j'ajoutai :

— Tu supporteras à notre place le mauvais caractère de Matthieu et nous pourrons rester dans notre lit toute la journée.

La petite sœur tira sa mère par la manche :

— Maman, Jeannette va travailler beaucoup ! On la verra plus ?

Matthieu la souleva dans ses bras, l'embrassa et lui dit :

— Tu pourras venir nous voir quand tu voudras et ta sœur ira vous voir quand elle le désirera. Je ne vais pas te priver d'elle ! N'écoute pas mes sœurs, elles aiment dire des bêtises. Viens, je vais t'emmener voir le cochon qui sera tué en décembre.

Je crois réellement que nous nous séparâmes ce jour-là très contents les uns des autres. Les fiançailles de Matthieu et Jeannette avaient été fixées au mois de novembre et le mariage à la mi-avril.

La semaine qui suivit, Jean vint quatre fois pour acheter poulets, poules, œufs, fromage, beurre, un paon, deux canards, trois oies... Nous nous demandions ce qu'il pouvait faire de ses achats quand il arrivait chez lui.

Mon père et mes frères étaient au courant de ses fréquentes visites et me taquinaient sur mon amoureux. Mon père nous dit avoir bien connu son père, Hugues Doyat, notaire et greffier au bailliage et avoir entendu dire — il y avait de cela huit ans, à l'époque où il fréquentait encore les habitants de Cussy — que Jean était un garnement. C'est lui qui entraînait ses camarades à voler les fruits dans l'enclos du curé, il occasionnait du tapage nocturne en attachant des objets divers à la queue du chat du tailleur et était si insupportable que son père avait décidé de le mettre en pension. Mon père nous fit rire aux larmes en nous racontant comment il avait effrayé la famille du sellier : un soir, il avait surpris la conversation du sellier et de sa femme ; ils se réjouissaient tous deux du bon tour qu'ils avaient joué à un marchand de passage en lui vendant une selle mal faite dont ils n'arrivaient pas à se débarrasser car elle pouvait blesser le cheval. Par une nuit sans lune, Jean avait grimpé le long du mur de la chambre. La fenêtre était ouverte. D'une voix caverneuse, il s'était fait passer pour le cheval et avait dit qu'il se vengerait sur la famille du sellier pour la selle inconfortable que son maître lui avait achetée. Le lendemain, le sellier et sa femme avaient brûlé dix cierges devant la Vierge Noire pour l'implorer d'éloigner la malédiction.

Nous étions contents de voir que notre père avait retrouvé la verve d'antan. Que s'était-il donc produit ? Il semblait avoir vraiment repris la joie de vivre. L'atmosphère de la maison avait changé. Mes frères s'exprimaient avec plus de hardiesse et osaient donner leur avis sur les travaux à effectuer. Avis qui parfois étaient très pertinents et auxquels se rangeait mon père. Nous découvrions un Matthieu plein d'entrain, un Juste détendu et aux conseils judicieux, un Joseph toujours prêt à sortir une boutade. Les repas étaient devenus un vrai moment de détente et de plaisir pour nous tous.

Mon père avait repris l'habitude de descendre assez souvent à la ville. Je me disais qu'il voulait peut-être avoir de plus amples renseignements sur Jean Doyat qui venait si régulièrement à la ferme. Et en effet, nous eûmes rapidement de nouvelles informations sur lui. Nous apprîmes qu'il avait cinq frères et une jeune sœur. Les deux aînés, Claude et Godefroy, s'étaient tournés vers une carrière ecclésiastique. Jean avait travaillé quelque temps avec son père, mais celui-ci, lassé du manque d'enthousiasme de son fils et de ses bévues répétées, l'avait envoyé à Paris avec des lettres de recommandations, en espérant que les difficultés qu'il allait rencontrer l'assagiraient enfin .

Depuis, Jean avait fait du chemin. Distingué par Louis XI dans des circonstances que ne sut pas conter Père, il fut enrôlé dans l'armée royale et placé à la tête de l'artillerie. Le roi l'apprécia tellement qu'il le garda comme secrétaire. Telle était sa position depuis une année maintenant.

Père nous donna vite la vraie cause de la punition infligée à Jean Doyat, le jour de la Saint Michel. Il nous expliqua que notre Duc Jean de Bourbon s'était allié, contre notre roi Louis, au duc de Berry ainsi qu'aux comtes de Charolais et de Dammartin Chabannes et à près de cinq cents princes, chevaliers, écuyers. Tous ces insurgés portaient une aiguillette de soie rouge à la ceinture, comme signe de ralliement. Ils appelaient leur révolte le "soulèvement du Bien Public", et tous les habitants de Cussy la nommaient discrètement "la guerre du Mal Public". Pour s'assurer l'appui des Bonnes Villes, parmi lesquelles figuraient Cussy, ils promettaient la suppression des nouvelles tailles royales et masquaient leurs intérêts féodaux — qu'ils voulaient renforcer — sous un nom qui était trompeur, puisqu'ils avaient donné, à ce mouvement de rébellion, le nom de "Guerre du Bien Public". La résistance royale s'organisa avec Bertrand de la Tour, Comte d'Auvergne et de Bologne, apparenté à notre Abbesse, qui confia à Jean Doyat le soin de former au plus vite un corps de francs-archers et d'artilleurs.

C'est à Gannat que, l'été précédent, Jean avait mené les armées du roi à la victoire. Il n'est pas étonnant que, dans ces circonstances, notre Duc de Bourbon considérât Jean Doyat comme un ennemi personnel. Il fut tout heureux de pouvoir trouver un prétexte à une remontrance d'apparence justifiée : Jean, vraiment bien peu prudent, s'en était pris directement à l'intendant du Duc, Jean de la Borderie, qu'il avait accusé de s'enrichir au détriment des plus démunis. Le tout accompagné d'un langage bien à lui …

— J'aime de plus en plus ce garçon, dit mon père en riant.

Etait-ce là le père qui voulait offrir son vin au duc, il y avait à peine un mois ? Nous ne comprenions pas un changement aussi soudain.

Mon frère et Jeannette se fiancèrent solennellement et échangèrent les anneaux à l'église Saint Saturnin. Je me souviens encore des yeux embués de celle que nous appelâmes "petite sœur" en l'embrassant.

— Pas encore, nous dit-elle, pas encore… Je voudrais déjà être en avril !

C'est à la ferme que fut organisée la fête des fiançailles. Il pleuvait ce jour-là et l'un de nos deux chariots s'embourba sur le chemin, au retour de l'église. Il fallut descendre, pousser, tirer, crier… Quand nous arrivâmes à la ferme nous étions tous mouillés et crottés mais l'odeur de viande grillée qui nous parvint dès la porte ouverte nous redonna de la joie au cœur. Groupés autour de la haute cheminée dans laquelle flambait un bon feu, nous eûmes vite fait de nous débarrasser de nos vêtements les plus trempés et de les mettre à sécher tandis que nous nous réunissions autour de la table pour le repas. J'avais demandé à la vieille Julie de surveiller la cuisson des volailles et elle s'en était bien sortie. Elle partit avec un panier plein de nourriture, heureuse de l'aubaine.

Nous avions bien peu l'occasion de festoyer, de rire et de nous délasser et ces fêtes de famille, je ne pourrai jamais les oublier. Bien sûr, elles nous donnaient chaque fois beaucoup de travail de préparation, mais cela n'était rien, comparé à la satisfaction qu'elles nous procuraient.

Le lendemain des fiançailles, Jean Doyat vint avec son panier. J'étais en train de préparer la soupe de lentilles et la disposais dans l'âtre quand il arriva. Marie était sortie pour je ne sais plus quelle raison (je me demande si ce n'était pas pour une vache au pis douloureux). Il alla saluer mon père et mes frères, occupés à l'aménagement du terrain pour l'agrandissement prévu. Il venait chercher des œufs et du beurre. Tandis que je lui remplissais son panier, il me parla de sa famille et de sa toute jeune sœur qui avait une fièvre tenace. Puis il me dit qu'il allait être contraint de quitter Cussy pour rejoindre le roi.

— Après ce qui s'est passé ici, il m'est difficile de rester. Les gens du duc de Bourbon ne me portent pas dans leur cœur et je n'ai plus rien à espérer dans la région. Pour l'instant, en tout cas.

Il me salua et s'éloigna. Je le suivais des yeux et le vis tout à coup se retourner et revenir sur ses pas. Il posa son panier à terre et me dit :

— Typhaine, veux-tu m'épouser ?

Je le regardai, interloquée.

— Je te demande si tu veux m'épouser. Voilà, pour que tu prennes ta décision, il faut que je te dise toute la vérité. Pouvons-nous nous asseoir chez toi ?

Il lança un regard vers les hommes qui travaillaient non loin et je compris qu'il ne tenait pas à ce que nous soyons vus. Je l'emmenai sur le côté de la maison d'où nous surplombions Cussy. Nous nous assîmes sur un banc.

— Voilà, je veux que tu choisisses de me prendre pour époux uniquement après que je t'aurai dit la vérité sur moi. Lorsque je t'ai vue le jour de la Saint Michel, je me suis dit que tu étais bien belle. Je me suis demandé comment je n'avais pas remarqué, lors de notre première rencontre, combien tes yeux étaient noirs et ... Bon, je ne continue pas là-dessus. Il est vrai que tu n'étais alors qu'une enfant et qu'il faisait un temps détestable. Toujours est-il que le jour de la Saint-Michel j'avais décidé de te rendre visite le lendemain ou du moins dans la semaine, avant mon départ pour Paris où je voulais rejoindre le roi. Je pensais qu'une petite aventure campagnarde me plairait assez.

Il s'arrêta et je ne dis rien. Je pensais toujours à son amour pour la femme du médecin allemand.

— Voilà ce que je voulais te dire, t'avouer que je n'envisageais au début qu'une aventure avec toi, mais dès que je suis arrivé ici, j'ai bien compris que cela ne m'intéressait plus du tout. Je sais que je te veux comme femme... Tu ne réponds pas ?

Je gardais les yeux fixés sur les toits du Couvent et sur les tours de l'église Saint Saturnin. Je lui dis enfin :

— Tu aimes toujours l'autre femme ?

— Quelle autre femme ?

Il y avait vraiment de l'étonnement dans sa voix.
— La femme du médecin allemand, celle que tu as enlevée.
Je levai enfin les yeux sur lui, attendant la réponse. Il me regardait avec stupéfaction.
— Tu connais cette histoire ?
— Oui, au marché.
— Ah, je comprends !
Il se mit à rire.
— Et bien sûr tu penses que j'aimais cette femme ?
— Cela me semble évident. On ne risque pas sa vie ainsi si l'on n'est pas très épris.
— Détrompe-toi, Typhaine. Je ne l'aimais pas du tout. Je n'aurai sans doute pas remarqué cette femme s'il n'y avait eu quelque danger à la séduire. Elle avait certes du charme… Excuse-moi, je dis n'importe quoi.
Il s'était tu et je l'interrogeai :
— Tu es quand même partie une semaine avec elle, non ?
— Je te promets, bien sûr c'est difficile à prouver, que c'est elle qui insistait pour rester avec moi. Je m'en suis vite lassé de toute manière et c'est avec soulagement que je l'ai rendue à son vieux mari, mais il est évident qu'elle ne lui a pas avoué cela ! Lui, il avait commencé des poursuites judiciaires et… et voilà. En effet, j'ai risqué ma vie pour rien, ou trois fois rien. Si tu m'épouses, je te promets que rien de tel ne se reproduira.
Il me regarda avec inquiétude.
— Pardonne-moi ces propos, ma chère Typhaine. C'est la première fois que je fais une demande en mariage, je te le promets. Et je m'y prends vraiment très mal. Le sûr, c'est que je t'aime et que je veux… que je voudrais que tu deviennes ma femme.
— Tu voudras bien attendre que je réfléchisse ?
— Évidemment, évidemment. Merci de ne pas refuser d'emblée. Merci. Je suis vraiment maladroit. Je ne voulais

pas te blesser par mes propos.

Il se leva.

— Maintenant, je pars. Je reviendrai la semaine prochaine pour chercher ta réponse. Ça ira comme ça ?

— Ça ira.

Je dois dire que la demande de Jean m'avait remplie de bonheur. Je sentais comme une douce chaleur à l'intérieur de mon corps. Je ne pensais pas aux frasques multiples du jeune garçon et du jeune homme au regard railleur, je ne retenais que le sourire tendre quand il me regardait et je me sentais fière de lui plaire assez pour qu'il me demandât en mariage. Je ne comprenais pas que ce fût moi et non Marie qu'il eût remarquée. Cela me paraissait un miracle car il me semblait naturel que tous les hommes pussent tomber amoureux de ma sœur tant elle était jolie, vive et charmante. Cette constatation n'avait jamais entraîné aucune jalousie de ma part, car je l'aimais bien trop pour cela.

Ce fut le soir, dans l'obscurité de la pièce et alors que nous étions blotties dans notre lit que je me décidai à murmurer à Marie.

— Jean m'a demandé de l'épouser.

Il y eut un petit moment de silence.

— Que lui as-tu répondu ?

— D'attendre la semaine prochaine pour avoir la réponse. Qu'en penses-tu ?

— C'est à toi de voir. Pas à moi.

— Pourquoi m'a-t-il demandé de l'épouser ? Je suis laide et je ne sais pas parler comme lui. Je n'ai pas d'esprit, aucune vivacité de répartie…

— Pourquoi dis-tu cela ? Pour moi, tu es la plus belle des jeunes filles que je connaisse et je trouve que Jean Doyat a bon goût.

— Dis-moi ce que tu penses sincèrement de sa demande.

— Je voudrais que tu sois heureuse, ma Typhaine. Et si c'est lui qui doit te donner le bonheur, accepte. Mais…

— Mais ?
— Mais il ne faudrait pas qu'il continue à avoir des aventures. Il faut qu'il devienne sérieux.
— Il me l'a promis. Et je le crois.
— Tu l'aimes vraiment, n'est-ce pas ?
— Je crois que oui. Enfin, je dois dire que j'aurais de la peine s'il partait, que j'attends avec impatience qu'il vienne et que je me sens bizarre quand il est là.
— Et bien, voilà. Tu l'aimes.
— N'en parle pas aux hommes, lui demandai-je. Je vais encore réfléchir et je verrai après à en parler à Père.
— Il est évident que cela ne lui plaira pas outre mesure. Où allez-vous vivre ?
— Les filles ! Vous vous taisez un peu qu'on puisse dormir ?
C'était mon frère Juste.
— C'est là le pire, continuai-je en baissant la voix et en remontant la couverture de peau qui nous recouvrait pour étouffer le son. Je crains bien que Jean ne parte rejoindre le roi et il faudra sans doute que je quitte Cussy.
— Quitter Cussy ? Nous ne te verrons plus ?
Nous nous tûmes. Cette perspective de vivre séparées nous semblait invraisemblable. Comment me serait-il possible de quitter la ferme, comment pourrais-je laisser Marie seule avec Jeannette, pleine de bonne volonté mais débutante ? Heureusement la fatigue de la journée eut raison de nos réflexions et le sommeil nous prit.

Pour nous, dont la vie était assez uniforme et tout juste guidée par les travaux saisonniers, cette semaine devait être décidément fructueuse en événements. En effet, le lendemain même de la demande de Jean, nous comprîmes la cause du changement de mon père et cette découverte devait influencer ma propre décision.

Avant de partir au travail avec mes frères et alors que nous étions encore assis pour le repas du matin, mon père nous dit, les yeux fixés sur la bouillie qu'il scrutait avec attention :

— Dimanche prochain, nous aurons un invité, enfin je veux dire une invitée.

Je croisai aussitôt le regard de Marie et je vis Matthieu regarder Juste et Joseph avec un sourire complice.

Comme aucun de nous ne répondait, mon père ajouta :

— C'est Louise, la veuve du forgeron. Celui qui est mort voilà maintenant trois ans. J'aimerais qu'on la reçoive bien.

Comme il ne recevait aucune réponse, il leva son regard vers nous.

— Rien à dire ? dit-il.

— Je me souviens d'elle, répondis-je alors. Mère était amie avec elle et elle est très gentille. Elle nous apportait des friandises quand elle montait ici. Elle avait de beaux cheveux blonds.

— Ils ont un peu blanchi, remarqua mon père en hochant la tête, mais elle est toujours gentille.

— C'est très bien, père, dit Marie. J'espère que nous ne vous décevrons pas.

Quand mon père et mes frères furent partis, elle hocha la tête et dit :

— J'espère qu'elle ne nous apportera pas des friandises ! En tout cas, merci à elle d'avoir ressuscité le sourire de notre père !

Cet événement et celui de la veille occupèrent nos conversations de la matinée. Nous sentions bien toutes les deux que nos habitudes éclataient, que nous commencions une autre vie. J'essayais de me remémorer au mieux cette Louise qui, j'en étais sûre, allait occuper une place importante dans le cœur de mon père et par là même dans la maison. Nous parlions déjà d'un remariage possible et faisions des plans pour l'occupation des lieux. Alors que je ne savais pas encore quelle serait ma décision vis-à-vis de mon propre mariage, voilà qu'il me fallait envisager celui, probable, de mon père !

Marie n'appréciait pas l'idée d'un remariage. Elle me dit :

— Te rends-tu compte que si elle vient vivre ici, ce sera elle la maîtresse ? Je n'aurai plus qu'à obéir à ce qu'elle nous dira. Je n'ai pas du tout envie de me laisser faire.

— Pourquoi dis-tu “je” ? Je ne suis pas encore partie !

— Bien sûr que tu partiras ! Tu aimes Jean et tu ne dois pas refuser sa demande. Ne t'occupe pas de la ferme. Il semblerait que nous allons être déjà trois femmes sans toi.

L'inquiétude de Marie me gagna. Je voyais Louise avec mes yeux d'enfant. Mais comment allait-elle agir une fois qu'elle serait installée ? Jusque-là, nous étions libres de nos gestes et c'était moi qui consultais les religieuses, qui faisais les comptes. Tout cela allait changer, évidemment. Et si je partais, cela risquait d'être bien difficile pour Marie.

— Ne te fais pas de souci pour moi, me rassura-t-elle. Je sais me défendre et me débrouiller.

— Et si ça ne va pas, tu viendras habiter avec moi, n'est-ce pas ?

— Pourquoi pas ? murmura-t-elle.

Mon père ne parut pas surpris de la demande de Jean et il me conseilla :

— Si tu l'aimes n'hésite pas, nous saurons toujours nous débrouiller.

Je me sentais à la fois soulagée de pouvoir choisir ma voie et insatisfaite de voir que mon père envisageait si facilement de se séparer de moi.

5

1467

Jean, devenu plus prudent, sans doute, ou plus soucieux de moi qu'il ne l'avait été de lui-même, voulut garder secrète la décision de notre mariage. Il désirait que les bans ne fussent pas proclamés et que notre mariage fût discret. Il était allé discuter avec la Mère Abbesse qui lui avait donné raison. Elle connaissait très bien la situation de Jean ainsi que les dangers qui le menaçaient et dont il n'avait eu cure jusqu'à présent. Le roi n'était pas de prime jeunesse et son appui ne serait pas toujours là. Il était bien évident que la haine du Duc de Bourbon pouvait avoir de lourdes conséquences pour toute la famille de Jean. Il valait mieux qu'on ignorât notre alliance. Grâce à la protection du roi et à celle de l'abbesse, cela deviendrait facile si toutefois aucune personne de notre entourage proche ne parlait. Aussi notre projet de mariage ne fut-il connu que des habitantes du Couvent et du prêtre qui allait nous marier, de ma famille et de Louise, du père et de la mère de Jean ainsi que de ses frères. Il préféra ne pas le dire à sa jeune sœur qu'il jugeait encore trop enfant. Quant à Jeannette, elle devait raconter, à ses parents, une histoire que nous préparions en commun pour expliquer mon départ.

Cet aspect de mariage clandestin n'était pas pour me déplaire. Elle donnait une teinte insolite à une vie qui avait été jusque-là assez terne. Je dois reconnaître que jamais je n'aurais eu l'idée de qualifier mon existence à la ferme d'insipide ou de maussade, mais la vie agitée de Jean me laissait entrevoir d'autres horizons qui me semblaient soit pleins d'attraits soit parsemés de pièges effrayants, selon le moment ou mon humeur. Je me rassurais, dans le dernier cas, en me répétant le raisonnement de Jean : personne ne me connaissait. Le Duc, évidemment, ne m'avait jamais vue et aucun de ses hommes n'avait pu remarquer une fille de ferme réservée et insignifiante. La femme de Jean Doyat viendrait on ne sait d'où.

Nous avions fixé notre mariage à la Saint Jean d'été et notre père annonça sa décision de se marier le même jour que moi. Il dit qu'ainsi il n'y aurait pas d'interruption dans la vie de la ferme : je partirais et sa nouvelle femme prendrait ma place. Il assura qu'il serait même plus aisé de justifier mon propre départ. Nous avions décidé de dire que j'allais chez des parents de ma mère qui avaient besoin d'aide.

Louise était une jolie femme aux formes généreusement arrondies et aux cheveux qui blanchissaient avec grâce. Elle montait souvent à la ferme pour se mettre au courant du travail. Elle semblait très éprise de mon père et était pleine d'attentions envers nous tous. Enjouée et spirituelle, elle avait su plaire à mes frères qui étaient visiblement ravis de la recevoir bientôt comme belle-mère. Elle essayait de mettre les talents de chacun d'entre nous en avant. Elle connaissait bien Cussy et ses habitants et avait toujours de bonnes histoires à nous raconter. Jamais méchantes, comme pouvait les conter Jean, non. Tout simplement drôles.

J'avoue que j'étais sous le charme et me réjouissais du bonheur visible de mon père.

Seule Marie la boudait et savait même être très désagréable avec elle. Elle cherchait sans arrêt la petite pique méchante susceptible de blesser et se réjouissait visiblement lorsqu'elle y parvenait. Je ne comprenais pas cette démarche et m'étonnais de l'attitude de ma sœur.

Un jour que j'étais seule avec Louise, celle-ci m'avoua son souci :

— Typhaine, comment puis-je faire pour que Marie me reçoive sans aigreur ? Je sens que ça ne va pas entre nous deux et je ne sais pas comment agir.

— Je crois, Louise, que c'est tout simplement que je m'en vais le jour où vous allez vous installer à la ferme et bien sûr…

— Bien sûr, elle pense que c'est moi qui te chasse. Du moins elle le ressent ainsi. Tu sais, Typhaine, j'aime vraiment ton père. Je l'aimais déjà quand il a épousé ta mère. Je voudrais le tirer de sa longue période de deuil et je crois que je peux y parvenir. Mais je suis si triste de ne pas plaire à ta sœur !

J'embrassai Louise.

— Ayez de la patience. Marie est très vive, elle n'a pas vraiment réfléchi à votre position. Mais elle est bonne, et je pense que tout s'arrangera.

Cette situation gâchait mon propre bonheur. J'étais partagée entre la joie d'épouser Jean que je savais aimer, et la tristesse de laisser ma famille dans des problèmes qui semblaient bien délicats. Je remarquai que ma sœur lançait des réflexions qui visaient à rabaisser Louise dans l'esprit de notre future belle-sœur.

— Mon père est complètement idiot avec elle ! Elle en profite… Je n'aime pas tellement son pâté de lapin. Et sa soupe aux choux est fade…

Au contraire, Louise faisait une cuisine délicieuse et je trouvais bien agréable de manger les mets qu'elle nous préparait. Quand elle était là, les repas étaient bien plus soignés et plus variés que tout ce que nous faisions nous-mêmes.

La mauvaise foi de Marie était évidente et il m'était venu à l'esprit qu'elle était jalouse de l'ascendant que prenait Louise sur mon père et nos frères.

Un soir que nous étions blotties dans le lit, sous notre couverture, je murmurai à Marie :

— Que t'a fait Louise ? Pourquoi es-tu si mauvaise avec elle ? Quand elle viendra habiter ici, ce sera difficile pour elle.

— Tu crois que ce n'est pas difficile pour moi ? Tu t'en vas, elle prend ta place.

— Elle ne prend pas ma place ! Je serai partie de toute manière. Alors ce n'est pas sa faute…

— As-tu vu comment elle est avec Père ? Elle est toute mignarde.

Je protestai :

— Mignarde, Louise ? Tu exagères. Elle est au contraire très naturelle. Elle aime Père et on dirait que tu ne peux pas le supporter. N'es-tu donc pas contente de voir notre père heureux ?

Elle grogna et me tourna le dos.

— Ne t'occupe pas de mes affaires, veux-tu. Bonne nuit.

Jamais Marie ne m'avait parlé ainsi et j'éprouvai une grande tristesse.

Nos fiançailles se firent discrètement en l'église du Saint Sauveur. Le lendemain même, Jean me dit avoir beaucoup d'affaires à traiter et devoir repartir près du roi. Il me promit de revenir dès que possible.

— Je serai là à temps pour le mariage. J'ai donné des ordres pour que tout soit organisé à l'auberge pour le mariage de ton père et de Louise. Tu te prépares simplement à quitter Cussy de suite après la cérémonie.

Il partit par un matin grisâtre. J'avais le cœur lourd en voyant s'éloigner son étalon noir dans la brume et le froid d'un hiver qui s'éternisait.

Les préparatifs pour le mariage de Matthieu et de Jeannette nous occupaient tous beaucoup. Les journées étaient bien courtes. Les hommes travaillaient sans relâche afin de terminer les travaux à temps sans pour autant négliger les tâches quotidiennes. Le charpentier, un ami de mon père, les conseilla et les aida pour la toiture. C'est lui qui construisit le grand lit que nous plaçâmes dans la pièce unique. Marie et moi nous avions préparé la paillasse dans laquelle nous avions ajouté de la laine de mouton pour la rendre plus chaude et plus confortable. Nous avions étendu la grande couverture achetée à la foire de la Saint Michel. Nous savions que Jeannette en apporterait une autre.

Des ondées brutales alternèrent avec de fraîches éclaircies. Ce fut le moment de proclamer le mariage dans Cussy, d'abord dans l'église, trois dimanches de suite, et ensuite dans les rues de la ville. Le père de Jeannette avait payé les bans et offert un tonnelet de vin aux jeunes hommes qui circulaient dans les rues étroites et sur les places en jouant de la viole et de la cornemuse tout en rappelant la date du mariage à la population.

Il est curieux que j'aie davantage souvenance du mariage de Matthieu que du mien propre.

Je vois encore Matthieu tout gauche et Jeannette toute blanche sur le parvis de l'église Saint Saturnin. Mes frères et ceux de Jeannette maintenaient un voile pourpre au-dessus de la tête des futurs époux. Le curé leur demanda d'exprimer leur désir de s'épouser selon la formule consacrée "de cet anneau je vous épouse et de mon corps je vous honore" et les bénit. Puis nous entrâmes dans l'église pour suivre la messe dite à l'intention des nouveaux époux. Je me souviens — comme les souvenirs sont étranges ! — que le curé éternuait sans arrêt et que cela provoqua le fou rire de Marie.

Je me souviens également du banquet qui fut donné dans l'auberge. Nous, les femmes, avions toutes contribué à sa préparation. La fête fut chaleureuse et les danses joyeuses. Je regrettai que Jean ne fût pas à mes côtés.

À la ferme commença alors une nouvelle vie.

Nous enseignions à notre jeune belle-sœur comment traire les vaches, faire le beurre et le fromage, comment soigner les bêtes et carder la laine. Nous descendions toutes les trois au ruisseau, le Jolan, pour laver le linge et nous laver nous-mêmes dans l'eau encore bien froide. Et nous riions beaucoup, heureuses de notre bonne entente.

Cependant je n'arrêtais pas de penser que cette époque était pour moi la fin d'une partie de ma vie. J'allais quitter la ferme. Quel serait mon avenir ? Qu'allais-je faire en ville ? Où allais-je habiter ? Je n'avais posé aucune question là-dessus à Jean. Je m'en remettais entièrement à lui. Mais l'idée de laisser ma famille me pinçait le cœur. J'agissais comme si cela ne devait pas arriver. Cependant le soir, dans mon lit, mon esprit était en tourment. Comme cela serait difficile ! Je connaissais si peu mon fiancé ! J'avais envie de vivre avec lui mais, en même temps, je voyais s'approcher l'été avec angoisse.

Jean revint une dizaine de jours avant notre mariage.

Son retour fut pour moi une grande joie. Je me rendis compte qu'il me serait impossible désormais de me passer de son sourire ironique et de sa verve caustique. Il avait décidément beaucoup de charme. Mon père l'appréciait pour sa franchise et sa bonne humeur, mes frères, Marie et Jeannette le trouvaient amusant. Il paraissait difficile de s'ennuyer lorsque Jean était présent. De plus il s'intéressait à tout : il aimait qu'on lui expliquât les secrets de la terre qu'il connaissait mal. Il nous questionnait sur le comportement de nos bêtes.

Marie lui demanda un jour ce qu'il avait fait de tout ce qu'il nous avait acheté régulièrement avant de me demander en mariage : il dit en riant qu'il s'était gagné une quantité d'amis en distribuant ses achats à des personnes qu'il savait être dans la gêne, signalées par son père ou le curé.

Quelques jours avant mon mariage, je me rendis au Couvent après l'office de none, pour faire mes adieux aux religieuses.

Je demandais à Mère Blanche de bien vouloir me permettre de revoir le scriptorium. J'aimais cette salle pleine de sérénité, située à l'étage, où de lourdes armoires contenant les livres du Couvent s'étiraient le long du mur. Les religieuses copistes y travaillaient en toute saison. Je me disais que, si j'avais vécu au Couvent, c'est vraiment ce travail que j'aurais aimé faire. Je savais cependant combien il était harassant pour ces femmes de rester assises durant de longues heures devant les tables de bois et les écritoires. En hiver, les doigts rougis par le froid avaient bien du mal à tracer les mots sur le papier raide. Sœur Philiberte m'avait expliqué qu'elles étaient favorisées par rapport aux religieuses qui les avaient précédées et m'avait montré les rudes parchemins sur lesquels ces dernières avaient copié les Saints Ecrits.

Une dernière fois, je me penchai sur le travail de Sœur Gabrielle, chargée des enluminures, dont j'admirais l'imagination et la dextérité. Elle maniait le pinceau avec une telle délicatesse que je pensais toujours que Dieu l'avait dotée de mains spéciales et miraculeuses.

Curieusement, ce fut dans ce lieu austère et silencieux que le doute sur mon choix me submergea. Devais-je abandonner tout ce que j'aimais et ceux que j'aimais pour suivre un homme que je connaissais si peu, pour une vie qui commençait dans la clandestinité ? La panique me prit à ce moment et je regrettai alors de ne pas avoir le tempérament ardent de ma sœur qui, me semblait-il, voyait les choses plus clairement que moi. Comme choisir est difficile ! Pourquoi n'avais-je pu aimer un brave paysan de chez nous, qui serait resté à Cussy ? Je n'aurais jamais quitté le Couvent et toutes ces sœurs dont je connaissais les noms et les visages. Pourquoi Jean ne pouvait-il être un paisible artisan que j'aurais choyé dans mon village et pour qui j'aurais fait de beaux enfants avec joie ? Cette idée me fit sourire. Je ne devais pas me cacher que c'était aussi la vie aventureuse et peu ordinaire de Jean qui m'avait séduite. L'aurais-je aimé de même s'il avait été greffier comme son père ? Je ne pouvais décidément pas l'imaginer assis sagement devant ses écritoires.

Je prenais conscience de l'importance qu'avait eue l'abbaye dans ma vie. Je m'étais sentie en sécurité à l'ombre de ses prières. La vie des religieuses réglait la nôtre, grâce à la cloche des offices qui guidait nos activités quotidiennes. Les saintes sœurs avaient eu de l'influence sur ma manière de penser et d'agir et je leur étais également reconnaissante de l'enseignement qu'elles nous avaient apporté et des moments de bonheur que j'avais passés à faire la lecture aux religieuses malades ou âgées.

Je venais au Couvent assez souvent pour m'y sentir familière et je ne pouvais sans un pincement au cœur me dire que je ne verrais plus pendant bien longtemps les gros bons yeux de Sœur Antoinette, la mine austère de Sœur Jeanne de l'Enfant Jésus, l'éternelle sourire figé de Sœur Marguerite, le perpétuel “Comment vas-tu ?” de Sœur Gabrielle ni les rides creusées dans le beau visage de Sœur Folque. Je regretterais même les sautes d'humeur de Sœur Louise, les disputes de Sœur Catherine et de Sœur Marguerite et jusqu'au mauvais caractère de Sœur Jeanne des Anges qui semblait ne pas m'aimer.

Quant à Mère Blanche, elle était pour moi une mère qui m'avait conseillée depuis la mort de la mienne. Il m'était pénible de penser à la séparation. Je lui demandai si elle acceptait de nous bénir avant notre départ, Jean et moi-même, et elle me répondit que ce serait pour elle une joie.

La Saint-Jean arriva. Dois-je dire enfin ? Dois-je dire déjà ?

La robe que ma mère avait portée à son mariage, rangée

pourtant soigneusement dans le coffre, était en trop piètre état. J'avais donc moi-même cousu la robe blanche que j'allais mettre. Elle était simple, je n'avais pas eu le temps de faire des fioritures qui du reste m'importaient peu. Marie et Jeannette m'avaient confectionné une couronne de marguerites. Des deux cérémonies, j'ai peu de souvenirs. Je devais être dans un demi état de rêve, et les rêves ne s'incrustent guère dans la mémoire. Notre mariage fut béni dans la chapelle du Saint Sauveur. Je m'habillai au Couvent et passai une robe simple après la cérémonie pour me rendre à l'église Saint Saturnin où se célébrait, à grands sons de cloches, le mariage de Louise et de mon père.

Nous ne sommes pas partis après la cérémonie, comme l'avait d'abord prévu Jean. Je lui avais manifesté mon désir de partager le repas de fête avec ma famille et nos amis. Les journées étant longues, nous pourrions chevaucher tard et nous rendre dans une auberge assez éloignée de la ville.

Le festin en l'honneur du mariage de mon père fut servi à la Taverne. Cette fois-ci nous n'avions rien préparé. Le repas fut somptueux. Je n'imaginais pas que l'on puisse présenter et manger tant de plats différents : du pâté de veau, des saucisses, du boudin, du civet de lièvre et du brouet d'anguille, des chapons, des perdrix, des tanches, des crêpes, du miel ... Le meilleur des vins fut servi et Jean me dit qu'il venait de Saint Pourçain où il promit de m'emmener.

Le père de Jean fut bienveillant envers moi, sa mère beaucoup plus réservée, pouvais-je dire hostile ? Je sentais qu'elle m'observait beaucoup. Sans doute avait-elle espéré un meilleur mariage pour son fils.

Louise n'avait pas de famille. Elle n'avait eu, de son précédent mari, que deux enfants morts en bas âge. Elle n'avait plus ses parents et son jeune frère était parti elle ne savait où. Mon père rayonnait de bonheur, assis à ses côtés. Il ne se rendait pas compte des problèmes qui pourraient venir de la mauvaise entente entre ma belle-mère et ma sœur. "L'une arrive quand l'autre s'en va" disait-il. Il était persuadé que tout allait continuer comme auparavant et ne soupçonnait pas les conséquences de mon départ. Je m'étonnais qu'il fût aussi aveugle. Il en était de même pour mes frères, sauf Juste, plus fin que les autres, qui avait remarqué la tension des rapports et vu combien Marie avait perdu de son entrain.

Nous quittâmes discrètement l'auberge, Jean et moi, alors que les plats sucrés arrivaient encore sur la table. Mon père m'embrassa avec insouciance, tout à son bonheur, mais Louise était très émue.

— Sois heureuse, me dit-elle. Je pense que ta mère aurait aimé te voir aujourd'hui. Prie pour nous, murmura-t-elle également.

Je sus que je l'aurais beaucoup aimée si j'avais vécu près d'elle.

Mes frères voulurent cacher leur émotion mais je vis combien mon départ les touchait.

Marie m'embrassa, les yeux secs.

— Sois heureuse, grande sœur, me dit-elle.

— Toi aussi, ma Marie. N'oublie pas que tu peux me rejoindre quand tu le veux.

Nos deux chevaux attendaient non loin de l'auberge. Jean m'avait offert une jument aux longues jambes fines et à la robe baie. Rien à voir avec notre solide percheron. Je me demandais comment elle pourrait effectuer un si long voyage.

— C'est une petite jument solide, me dit-il, ce n'est pas toi qui vas la fatiguer !

Je n'étais jamais monté à cheval. Jean m'avait dit :

— Tu apprendras vite, tu verras. Le premier jour, nous ne ferons qu'un petit parcours, et nous voyagerons à ton rythme, ne t'inquiète pas. La pucelle d'Orléans n'était jamais montée à cheval, non plus.

Ma robe était heureusement assez large et je pus m'installer aisément. Nous devions passer à la ferme avant de quitter Cussy. Nous passâmes devant le Couvent, traversâmes le pont de la Mère Abbesse et, du haut de ma jument, tout me paraissait avoir un autre aspect.

Je m'habillai pour le voyage, pris un baluchon dans lequel j'avais serré quelques affaires. Jean m'attendait dans la cour. Je parcourus du regard, une dernière fois, le domaine de mon enfance et de ma vie de jeune fille : le grand lit que j'avais partagé avec Marie depuis sa naissance, le lit dans lequel était morte ma mère et qui allait être dorénavant occupé par Louise, le lit de mes frères, l'âtre dans lequel rougissaient quelques tisons, la grande table, la maie qui contenait notre pain, ma quenouille, près de celle de Marie. Louise allait continuer le travail commencé. Je sortis dans la cour. Jean me sourit. Je lui tendis le baluchon et voulut aller dire au revoir aux animaux. Les vaches, les veaux, les cochons, notre cheval. Les chiens me suivaient et je me rendis compte qu'ils allaient me manquer : Noir, avec ses bons yeux tendres, Blanc, plus vif mais tout aussi affectueux. Je voulus boire. Je descendis le seau pour la dernière fois et l'eau que je tirai de notre puits avait déjà le goût de la nostalgie.

Je franchis à nouveau l'enceinte de la ville par la porte de la Mère Abbesse. Nous nous arrêtâmes au Couvent et Jean attacha les chevaux. Je fis tomber le heurtoir pour la dernière fois et les gros yeux de Sœur Antoinette apparurent. Elle devait nous guetter car elle ouvrit la porte aussitôt.

— La Mère Abbesse vous attend. Suivez-moi.

Elle nous conduisit jusqu'à la pièce dans laquelle travaillait presque toujours Mère Blanche de la Tour d'Auvergne. Celle-ci se leva quand nous entrâmes dans la pièce.

— Je suis heureuse de vous voir avant votre départ, dit-elle. Jean, vous avez ici un trésor et je vous demande d'en prendre bien soin.

— Je le sais, Mère Blanche. Et je vous en remercie, car Typhaine vous doit beaucoup. Je vous promets de faire tout mon possible pour la rendre heureuse.

La Mère Abbesse lui sourit et ajouta :

— La vie près du roi est vraiment différente de celle qu'elle a menée ici parmi nous. Mais Dieu aime mettre à l'épreuve ceux qu'Il aime et en qui Il a confiance. Je ne doute pas qu'elle saura lutter contre les assauts de Satan et sortir victorieuse de ses tentations. Allons à la chapelle pour prier une dernière fois ensemble.

Nous la suivîmes dans la chapelle du Saint Sauveur où nous nous étions mariés le matin même et que j'aimais particulièrement pour le sentiment de sécurité que j'y ressentais. Nous nous agenouillâmes tous trois devant l'autel et priâmes. Je demandai à Dieu de me garder du mal car la dernière réflexion de Mère Blanche m'avait troublée. Elle se leva et nous demanda de rester agenouillées.

— Que Dieu, dit-elle, vous garde en sa Sainte Grâce. Qu'Il vous accorde les dons de foi, de force et d'amour qui vous permettront de franchir victorieux tous les obstacles de ce monde.

Elle nous bénit et nous embrassa.

— Typhaine, n'oublie jamais, quelles que soient les circonstances, de prier Dieu et de lui demander son aide. Reste droite et ne te laisse pas influencer par les turpitudes de la Cour.

J'étais très émue en quittant le Couvent. C'est en silence que je montai ma jument. Pour que notre départ passât inaperçu, nous choisîmes de reprendre le pont de la Mère Abbesse et de contourner les remparts de la ville.

Je ne savais pas où nous nous rendrions pour la première nuit. Je me reposais entièrement sur mon époux et cela me semblait bien agréable. De toute manière, je vivais dans un rêve. Il me semblait assister à la vie de quelqu'un d'autre. Comment, d'un seul coup, mon existence pouvait-elle ainsi basculer ?

Jean m'avait enseigné les rudiments à connaître pour conduire ma monture et il me fallut peu de temps pour me trouver à l'aise sur ma jument. C'était le jour le plus long de l'année et nous avions le temps pour chevaucher avant la tombée du jour. Jean marchait à mes côtés.

— Tu es bien rêveuse, ma Typhaine, me dit-il. Que se passe-t-il ?

— Il est dur de quitter tout ce qu'on aime et surtout tous ceux qu'on aime, lui répondis-je.

Il hocha la tête.

— Excuse-moi de mon manque de délicatesse. J'ai tellement l'habitude d'aller et de venir que ...

Il ne termina pas sa phrase et je repris.

— Jean, qu'a voulu dire la Mère Abbesse en parlant des turpitudes de la Cour et des assauts de Satan ? J'ai peur de ne pas être bien forte !

Il se mit à rire :

— Ne crains rien, ma petite femme. Ce sont des paroles de nonnes !

Je le regardai, vraiment offusquée de ses propos :

— Arrête, Jean, ne redis pas de telles choses. La Sainte Mère Abbesse a voulu me prévenir d'un danger et je ne veux pas que tu le prennes aussi légèrement.

— Pardon, Typhaine. Je n'ai pas voulu te blesser. Elle a voulu te dire par là que la vie à la Cour d'un roi n'est jamais très... très conforme à la morale chrétienne.

— Je ne comprends pas. Ne dit-on pas le roi très chrétien, très pratiquant ? Ne fait-il pas beaucoup de pèlerinages et...

— Oui, oui, bien sûr. Cela est vrai. Mais tu vois... Enfin, les hommes ne sont pas tous des saints ! Les femmes non plus.

Comme je ne répondais pas, il continua.
— Typhaine, tu m'aimes ?
— En douterais-tu, Jean Doyat ? lui répondis-je en le regardant et en souriant.
— Non, je n'en doute pas. Et cependant, tu connais tout ce que j'ai fait, contraire à la morale. Tu sais comment je parle et tu es toujours choquée. Dirais-tu de moi que je suis un saint ?
Je me mis à rire :
— Certainement pas, oh, pas du tout.
— Et bien, voilà. La Cour est pleine de Jean Doyat.

Je ne sais combien de lieues nous franchîmes en ce premier jour. Il faisait encore bien clair quand nous nous arrêtâmes dans une auberge que connaissait Jean. Nous n'avions faim ni l'un ni l'autre, mais Jean insista pour que je boive un bouillon de poule.

Je commençais à être anxieuse. Comment allait se passer cette première nuit, dans un lit que je ne connaissais pas et près d'un homme qui était mon époux ? Je m'en remettais entièrement à Jean, sûr qu'il saurait me mettre à l'aise. Lorsque nous montâmes dans notre chambre, je réalisai que j'allais être vraiment seule avec lui. Pendant la chevauchée que nous venions de faire, la campagne entière me semblait une alliée, une compagne familière. Ici tout m'était étrange et les quatre murs blancs me paniquèrent. Je regardai Jean qui se mit à rire.

— Damoiselle effarouchée, ne craignez rien, me dit-il. Nous allons passer la nuit dans le même lit. Mais je ne vous forcerai à rien. Je vais descendre boire un verre de cervoise pendant que vous vous couchez.
Il me baisa au front et sortit.

Je m'agenouillai pour prier, puis je me déshabillai. Quand je fus nue, je me glissai sous la couverture. La paillasse était recouverte d'un drap blanc, frais, et je trouvai que ce lit était bien confortable.

Quand Jean revint, il se déshabilla à son tour, et je me tournai sur le côté pour ne pas le voir. Puis je le sentis qui se glissait dans le lit. Il me toucha à l'épaule et je lui fis face.

— Comment vas-tu ? me dit-il. N'es-tu pas trop fatiguée de notre chevauchée ?

— Ça va, lui répondis-je.

Ses pieds s'accrochèrent aux miens, puis je sentis ses jambes le long des miennes. Sa main qui était encore sur mon épaule descendait doucement vers ma poitrine. Je la repoussai. Il ne résista pas. Mais son corps se rapprocha du mien. Ne serait-ce pas plutôt le mien qui se rapprocha du sien ? Je ne sais plus très bien comment cela se passa.

Je devins femme cette nuit même.

J'ai un souvenir merveilleux de ce voyage où nous prîmes tout notre temps. J'étais éblouie par le paysage, par l'amour et la délicatesse de Jean, par la découverte de mon corps. Je remerciai Dieu matin et soir pour le bonheur qu'il me donnait sous un ciel sans nuage.

Nous n'eûmes qu'un gros orage, un après-midi, et nous trouvâmes refuge dans une ferme. Je retrouvai avec plaisir l'odeur de l'étable et de la porcherie. Je proposai à la fermière de l'aider dans la traite des vaches, ce qu'elle accepta avec simplicité. Le soir nous partageâmes, avec le reste de la famille, la potée de lentilles. Je lui expliquai comment je faisais le fromage de brebis et elle me conseilla pour les tourtes de canard. Grâce à la longueur des jours nous pûmes rejoindre à temps une auberge pour le coucher.

Notre voyage se terminait. Nous allions à Plessis-lès-Tour. Jean voulait que nous arrivions le matin afin que je pusse, de jour, me familiariser avec ce qui allait devenir le cadre de ma vie. Il me décrivit le château de notre roi Louis le Onzième et m'affirma que c'était l'endroit dans lequel notre souverain, qui voyageait beaucoup, se plaisait le mieux. Nous passâmes donc notre dernière nuit dans une auberge éloignée de quelques lieues seulement de la ville. Nous apprîmes ainsi que le roi séjournait actuellement dans son château.

Je découvris Plessis-lès-Tours sous un ciel dégagé. Jean s'arrêta devant une grande et belle maison construite en pierres régulières. Une porte d'entrée massive était surplombée d'une tourelle qui devait cacher un escalier intérieur. Quatre fenêtres hautes et étroites perçaient le mur, tant à droite qu'à gauche de la tourelle, et ce sur trois étages. Jean mit pied à terre et attacha son cheval à un gros anneau scellé dans le mur. Puis il m'aida à descendre.

— Ta maison te plaît-elle ?

— Ma maison ?

Je regardai, étonnée, la demeure qui, me semblait-il, aurait pu abriter des dizaines de personnes.

— Madame Doyat est chez elle, me dit Jean en souriant.

Il frappa rudement à la porte et le petit volet intérieur qui la trouait s'ouvrit. J'entrevis une femme et j'entendis une exclamation joyeuse :

— Notre maître !

La porte s'ouvrit rapidement et une femme d'une quarantaine d'années, petite et ronde, salua plusieurs fois en nous laissant entrer.

— Comme je suis contente que vous soyez de retour, notre Maître. La maison était bien triste sans vous. Ma dame…

— Suzon, voici ma femme, Dame Typhaine.

— Notre Maître nous avait prévenu de son mariage. Ma Dame, oh, ma Dame, que je suis contente, que je suis contente.

Elle appela :

— Julien, viens donc par ici voir notre Maître et sa Dame.

Un homme grand et maigre, déjà âgé, sortit d'une pièce

du fond.

— Julien ! comment vas-tu ? demanda mon époux.

Julien s'inclina devant lui et je remarquai de suite ses yeux chargés de joie. Un regard sincère, j'en étais certaine. Et je fus heureuse de me dire que Jean était aimé.

— Je pense que vous avez faim, mon maître, dit-il, et que vous êtes fatigués.

Il s'était incliné devant moi également.

— Je suis heureuse de faire votre connaissance, Julien, dis-je. Peut-être pourriez-vous me dire où je peux tirer de l'eau pour que nous nous lavions.

Il me regarda avec étonnement.

— Tirer de l'eau ?

Jean se mit à rire et je dois avouer que les yeux écarquillés étaient assez comiques.

— Ma femme était fermière, Julien. Et elle a l'habitude de tout faire elle-même. Je vais l'habituer à l'oisiveté.

Suzon renchérit immédiatement :

— Vous allez vous reposer, Dame Typhaine. Julien va vous préparer un bain chaud et moi un bon repas que vous pourrez prendre ensuite.

— Il y a quinze jours que nous voyageons, Suzon. As-tu préparé les habits de ma femme, comme je te l'avais demandé ?

Elle prit un air offusqué :

— Mon maître croit-il que je vais oublier des choses pareilles ? Tout est prêt pour notre jeune maîtresse.

— Très bien. Préviens Pierre de notre arrivée. Qu'il s'occupe des chevaux.

Jean me fit visiter la maison. Elle était immense et j'allais d'émerveillement en émerveillement : le bas comprenait une grande salle dont deux murs étaient recouverts de magnifiques tapisseries chargées de fleurs, de lapins, de cerfs, et de jeunes dames dans de magnifiques atours. Nous nous assîmes sur deux chaises à haut dossier, près d'une immense cheminée abritant un maigre feu que Julien ranimait déjà, bien qu'il ne fît pas froid. En face de la cheminée se trouvaient un beau coffre sculpté et un buffet en bois ciré qui sentait bon. Des bancs et leurs coussins brodés s'appuyaient aux murs. Le plafond, en bois, était décoré de motifs peints.

Je découvris ensuite la superbe cuisine et je me dis qu'il serait bien agréable d'y travailler. Je n'avais jamais vu autant de cruches, cruchons, gobelets en étain et plats en argent.

Au première étage s'ouvraient, sur un long palier, les portes de plusieurs chambres. Celle qui serait la nôtre était très grande et possédait un lit immense. Deux marches le surélevaient légèrement. Des coffres, placés au pied des marches, devaient recevoir nos vêtements. La paillasse embaumait, recouverte d'un drap blanc dissimulé sous les peaux. La clarté entrait par deux fenêtres étroites. Je visitai les autres chambres, toutes prêtes à recevoir des invités.

— Quand nous serons fâchés, me dit Jean, tu pourras toujours t'isoler où tu le voudras !

Dans notre chambre, Julien avait installé deux baquets en bois côte à côte. Il les avait remplis d'eau chaude parfumée de verveine et avait déposé un drap sur le fond pour éviter une éventuelle écharde.

Je rentrai avec délice dans le bain et me remémorai le Jolan, le ruisseau qui passait non loin de la ferme, où j'allais me laver et laver le linge. Jean était dans l'autre baquet et nous restions silencieux, le corps amolli dans la douceur odorante de l'eau. Suzon allait et venait dans notre chambre. Elle déposa des habits pour moi sur le lit.

— J'espère que cela vous ira, ma Dame. Vous m'appellerez quand vous aurez terminé votre bain et je vous aiderai à vous vêtir.

Je voulus protester et dire que je pouvais m'habiller seule mais je me rendis compte que je n'avais même pas envie de parler tant je me trouvais bien et laissai Suzon quitter la chambre.

Cependant, l'eau se refroidissait. Je sortis et m'enveloppai dans le drap déposé sur un tabouret près du baquet. Jean sortit à son tour et appela :

— Suzon !

La servante devait être tout prêt car la porte s'ouvrit presque instantanément.

— Suzon, demande à Julien de venir me raser et toi, tu t'occuperas de ma femme.

J'avais commencé à m'habiller et j'enfilais mon surcot lorsque Julien et sa femme entrèrent dans la chambre. Les vêtements choisis par Suzon étaient simples, du moins c'est ce qu'elle m'affirma. Car je n'avais jamais été habillée avec tant de recherche. J'admirai la qualité du drap et je lui fis compliment de son choix. Elle m'en remercia par un sourire franc et heureux. Elle voulut me peigner et je la laissai natter mes cheveux encore humides et les enrouler sur mes oreilles. Puis elle fixa une coiffe et me présenta un miroir. Je ne me reconnus pas.

— Tu es superbe, ma femme, me dit Jean que Julien était occupé à raser. N'est-ce pas, Suzon ?

— Ma Dame sera la plus belle de la Cour, déclara Suzon emportée par son enthousiasme, par l'amour et l'admiration sans limites qu'elle vouait à son maître.

— Merci, Suzon. Mais je crains bien de ne pas savoir me tenir à la Cour du roi.

— À la Cour du roi Louis le Onzième, tu ne risques rien, répliqua Jean. Le roi a horreur des tenues extravagantes, des coiffes si hautes que les mijaurées ne peuvent franchir le seuil des maisons sans se courber. Reste simple, c'est le meilleur moyen de plaire au roi… Très bien, Julien. J'avais besoin d'être rafraîchi ! Et si maintenant tu nous donnais de quoi nous restaurer ?

6

Juin 1467

Jamais je n'avais dormi dans un lit aussi confortable. J'avais passé une partie de la nuit enlacée par Jean et je me réveillai, heureuse et confiante dans la nouvelle vie qui s'offrait à moi. La veille, j'avais découvert ce qui devenait mon domaine et avais déjà mentalement organisé mes journées.

Je rejetai la couverture et me glissai hors du lit. Jean me demanda :

— Où vas-tu, si pressée ?

— Je vais allumer le feu et préparer notre repas. Il doit être tard.

Il me retint par le bras.

— Typhaine, assieds-toi là, près de moi. Tu dois comprendre que, maintenant, tu n'as plus à te préoccuper de rien. Nous avons des gens qui font tout le travail. Suzon et Julien, que tu connais déjà, s'occupent de l'entretien de la maison, Françoise prépare les repas. Et tu as Pierre qui soigne les chevaux et s'occupe du jardin.

— Et moi, qu'est-ce que je fais ?

— Rien... Enfin, je veux dire ... ce qui te plaira. Tu vas faire des connaissances. Et tu peux broder.

— Broder ? Je ne sais pas broder.

Jean dut lire ma déception et il rectifia :

— Tu dois bien sûr surveiller le travail de nos gens, leur donner des ordres et veiller à la dépense.

Assise sur le bord de notre lit, je jetai un regard autour de moi. Mon enthousiasme du réveil était tombé. Je découvrais la vacuité de mes journées.

Jean me prit par les épaules et me fit tomber sur le lit, près de lui.

— Tu vas avoir une mission importante : continue à charmer ton mari... À part cela, rien ne t'empêche de cuisiner et de jardiner. Tu es maîtresse chez toi et tu peux faire ce que tu veux.

Je sautai sur l'occasion :

— Voilà. Je vais aider Pierre dans le jardin et je vais filer. Je n'ai vu ni quenouille ni rouet dans la maison.

— Eh bien, nous nous en procurerons au plus vite.

Ce matin-là, nous restâmes encore au lit un bon moment...

À notre lever, Jean appela Suzon :

— Nous allons manger, Suzon, et comme je dois sortir tu accompagneras ma femme choisir quenouille et rouet.

Dans la grande salle, Julien avait dressé la table pour notre repas. C'est lui qui nous servit.

Françoise, la cuisinière, nous avait préparé la soupe comme chez nous : Jean tenait toujours à son pain trempé dans du vin. La veille j'avais exprimé le désir d'avoir le mien trempé dans du bouillon de poule, comme je le mangeais à la ferme. Le pain n'était pas de seigle. Il était blanc, acheté chez le boulanger, et Jean l'appela pain de primor. Une autre sorte de pain, tendre et moelleux, s'appelait pain de pape.

Après le repas, Jean me proposa de faire la connaissance de Françoise. Je lui trouvai les yeux fuyants et je me sentis beaucoup moins d'attirance envers elle qu'envers Suzon. Je le regrettai car j'aurais aimé parfois me mettre à la cuisine et préparer des repas. Mais j'avais déjà l'impression que j'empièterais sur un domaine dont j'étais exclue.

Jean me montra le jardin et je vis que nous avions notre

propre puits, ce qui nous permettait de ne pas avoir à acheter l'eau au porteur qui passait plusieurs fois par jour dans notre rue en criant : de l'eau, de l'eau fraî...che, de l'eau, de la bonne eau fraî...che. Je l'avais déjà remarqué deux fois la veille, accompagnant son âne vif et fringant chargé de cruches en terre cuite, et il avait déjà fait sa tournée ce matin pendant que nous mangions.

Je sortis avec Suzon et nous passâmes par des ruelles étroites aux maisons en bois. Elle prenait soin de me faire marcher le long du mur des maisons, à l'endroit où la rue est la plus haute et la plus propre. J'en compris très vite la raison car j'entendis crier "gare à l'eau ! gare à l'eau ! gare à l'eau !" et le contenu d'un seau fut jeté au centre de la rue pavée, là où un caniveau la creuse légèrement. Une vieille femme, qui marchait avec difficulté, fut copieusement arrosée par cette eau malodorante.

Nous arrivâmes aux multiples échoppes ouvertes près d'un marché qui battait son plein. Il me sembla très différent de celui de Cussy car plus ramassé sur lui-même. Mais le choix était large.

La boutique dans laquelle me conduisit Suzon était intéressante. Jean m'avait remis une bourse et m'avait dit de dépenser ce que je voudrais, mais je dois avouer que je ne pouvais m'empêcher de regarder les prix et de marchander. Je me décidai pour un rouet et une quenouille délicatement sculptée. Je pris aussi un peigne à carder. Suzon demanda au marchand de nous faire livrer nos achats le plus tôt possible à la maison.

Nous flânâmes encore un bon moment au milieu des échoppes. Je regardai l'étal des savetiers et découvris un petit homme bigle qui travaillait un cuir admirable de souplesse pour en tirer des chaussures des plus fines. Je m'arrêtai encore devant des gantiers, des ceinturiers, des selliers. Puis j'achetai de la laine et, après un dernier arrêt près d'un teinturier qui fut enchanté de m'expliquer comment il utilisait la guède pour obtenir la belle couleur bleue de ses tissus, nous reprîmes le chemin de la maison. Celle-ci était située très près d'une petite église et je demandai à Suzon de rentrer seule. Je désirais me recueillir quelques instants. Je me réjouissais à l'idée de pouvoir venir prier à tout moment de la journée. À Cussy, je n'allais qu'à la messe dominicale et j'entrais parfois à la chapelle faire une courte prière quand je descendais au Couvent.

Je revins à la maison, heureuse de ce moment passé près de Dieu et de notre Sainte Mère la Vierge Marie. Trois chevaux étaient attachés devant la maison, gardés par un homme petit et à l'air farouche. Je reconnus l'étalon noir de Jean. Dans la grande salle, je trouvai celui-ci près de la haute cheminée, en compagnie d'un homme aux jambes maigres et torses apparaissant sous un vêtement court de serge noir qui ne parvenait pas à dissimuler un ventre légèrement proéminent. Son long nez anguleux saillait d'un visage à la peau jaunâtre. Il portait un chapeau de feutre râpé orné de médailles, en plomb et en étain, tenues par des fils de couleurs vives. Jean s'approcha de moi, me prit la main et me mena devant lui.

— Voici ma femme, Sire.

Après un instant de stupeur, je plongeai dans une révérence maladroite dont je n'osais me relever et gardai les yeux baissés.

— Relevez-vous donc, Madame, dit une voix railleuse. Je ne vais pas vous manger.

Je me redressai et mes yeux rencontrèrent le regard narquois du roi. Cet homme était-il vraiment le roi ? Jean ne me jouait-il pas un de ces tours dont il était friand ? Peut-être était-il un marchand que mon mari avait payé pour me jouer une farce. Je ne dis mot.

Le roi se tourna vers Jean.

— Serait-elle muette ? Cela mis à part, tu n'as pas mal choisi, compère ; rien de surprenant, ajouta-t-il en me

regardant de nouveau. Jean a toujours de la chance. J'espère, Dame Typhaine, que vous vous plairez ici. Il m'est difficile de me séparer de votre époux, alors il faudra vous y faire.
— Je m'y ferai, Sire, osai-je enfin prononcer.
— C'est bien, c'est bien. Vous ferez la connaissance de ma femme. Elle est de bonne compagnie, discrète elle aussi. C'est ainsi que j'apprécie les femmes. Ma première épouse, la princesse Marguerite[1] était différente... Oui, différente... Les femmes doivent rester à leur place. N'es-tu pas de mon avis, compère ?
— Certes, Sire. Je n'apprécie guère non plus qu'elles se mêlent de nos affaires et je n'aime pas les querelleuses.
Le roi eut un petit rire forcé et aigrelet.
— Oui, les femmes à leur place. À la place que nous voulons bien leur donner.
Il sembla ensuite m'avoir oubliée et s'adressa à Jean :
— Je compte sur toi pour la chasse demain matin après le conseil, n'est-ce pas ?
— Évidemment, Sire.
— Je vous laisse seuls pour la journée. Dame Typhaine, il faudra rendre visite à la Reine.
Avant de partir, il regarda la cheminée.
— J'aime ta devise, Jean de Doyat. Je crois qu'elle te convient bien.

Il sortit et Jean le suivit. J'observai à mon tour la devise que je n'avais pas encore remarquée, gravée dans la pierre : " Fais ce que devras, advienne que pourra." Elle entourait deux licornes qui soutenaient un écu sommé d'un heaume et d'une tête de loup.

J'étais encore devant la cheminée quand Jean reparut dans la grande salle. Il m'attira pour m'embrasser. Je me débattis

(1) Louis XI avait épousé Marguerite d'Ecosse en 1436. Elle est morte en 1445. Artiste, elle prisait fort la poésie.

et murmurai :

— Etait-ce vraiment le roi ?

Il partit d'un gros éclat de rire puis me susurra à l'oreille :

— Tu ne le trouves pas à ton goût ?

Je jetai un regard interrogateur à mon mari et lui avouai d'un air contrit, à voix très basse :

— Je le trouve très laid.

— Eh, mais cela n'a jamais empêché de régner, il me semble !

Il m'embrassa avec fougue et me glissa à l'oreille :

— Et je suis rassuré : tu me préfères à lui.

— Tu n'as pas confiance en moi ? lui demandai-je en caressant la joue rugueuse.

— Hum ... Il s'agit du roi... Et ce n'est pas évident parfois de le mécontenter.

Je frémis :

— Ce pourrait-il que ...

— Non. Oh, ce n'est pas un saint, loin de là. Mais je lui reconnais une grande qualité : il est fidèle en amitié et je ne crois pas qu'il tromperait un de ses amis. Sauf si celui-ci lui a joué lui-même un mauvais tour. Alors là, il peut être féroce.

— Il me fait peur, Jean. Je ne sais pas... ses yeux...

Je voyais que ma réaction vis à vis du roi amusait fort mon époux.

— Ne crains rien. Tu n'auras pas à le voir souvent. Il est ... disons rusé... C'est pour cela, ses yeux fuyants. Et il arrive à obtenir ce qu'il veut. Sais-tu qu'une de ses phrases favorites est celle-ci : “ Celui qui ne sait pas dissimuler ne sait pas régner”. Mais n'aie pas peur, mon joli oiseau. La reine est charmante et te sera d'une très grande aide, car je ne serai pas souvent près de toi. Elle est très simple et aimable. Tu verras, elle est à peine plus âgée que toi.

— C'est vrai ? Et elle a un mari si laid et si vieux ?

— N'oublie pas que tu parles du roi, ma chère femme.

— Et alors ? parce qu'il est roi, il ne peut pas être vieux et laid et…

— Et quoi ?

Je lui murmurai à l'oreille :

— Et répugnant. Rien que de penser qu'il pourrait me toucher…

— Il ne te touchera jamais. Te voilà rassurée ?

Cette seconde journée dans ma maison fut une constante découverte. Tout m'enchantait et m'étonnait. J'étais stupéfaite de découvrir combien ma vie était changée. Où était la petite jeune fille continuellement affairée, mal attifée, qui portait de lourds fardeaux, travaillait du matin au soir sans discontinuer ? Ici, il me faudrait me battre pour trouver du travail.

Je pensais à la visite du roi, à celle que je devrais faire à la reine. Je n'en tirais aucune satisfaction tant je craignais de ne pas comprendre les gens, de ne pouvoir flairer le danger avec certitude. À la ferme, je connaissais bien mon père, ses réactions, ses colères. Je savais surtout que j'étais aimée et qu'on ne me ferait aucun mal. Ici il n'y avait que Jean pour me protéger et il ne m'avait pas caché qu'il serait très souvent absent. Le roi voyageait énormément, ses déplacements étaient imprévisibles, et Jean l'accompagnait. Je ne pourrais pas le suivre partout. Je serais forcée de rester loin de lui.

J'enviais l'aisance de ma sœur qui aurait été plus à sa place que moi dans cette maison et dans ces circonstances. J'étais une éternelle hésitante. Je pensais que je serais déplacée dans le milieu de la Cour du roi, et en même temps je sentais combien il était agréable de se laisser aller à la béatitude du bonheur et de l'oisiveté. Il me revint une réflexion de la Sainte Mère Abbesse qui me disait souvent : “Dieu n'aime pas les inactifs. Chacun doit apporter chaque jour sa part de travail. Jésus était charpentier, comme son père”.

Tandis que Suzon me recoiffait avant le repas que j'allais prendre avec Jean, je fis une rapide prière et demandai à Dieu de me préserver de l'oisiveté et de la paresse. J'eus une pensée pour ma famille et me dit qu'en ce moment, c'était l'heure de la traite. Louise devait terminer le repas du soir. À cette époque de l'année, nous nous contentions du foyer pour nous éclairer. Lorsque les jours étaient courts, nous allumions deux lampes à huile que nous posions sur la table. Ici, de multiples bougies placées dans de riches chandeliers éclairaient la table que Julien avait dressée. Jean s'était assis en face de moi. De me faire servir par Suzon et son mari me semblait étrange. Je n'arrivais pas encore à m'y faire. Ils apportèrent un plat que Jean me dit s'appeler le blanc-manger. Ce mets que je ne connaissais pas était composé de riz cuit à l'eau, de blanc de poulet et de lait d'amande. Je ne comprenais pas d'où venait ce goût savoureux et mon mari fut incapable de m'en donner l'explication. Je décidai de me renseigner auprès de notre cuisinière, si toutefois je trouvais le courage de le lui demander. C'est là que résidait le curieux de ma position : maîtresse, je craignais mes domestiques. Comment me voyaient-ils ? Leur regard m'importait beaucoup.

Notre repas se termina avec de beaux fruits et quelques dattes, ce que je n'avais jamais mangé de ma vie.

Comme il faisait encore grand jour, Jean me proposa une promenade.

— Il se peut que je sois bien pris les jours qui viennent. Nous allons sortir un moment.

Je lui demandai d'abord d'entrer dans l'église dans laquelle j'étais venue le matin même et nous pûmes prier ensemble dans l'obscurité de cet édifice qui me charmait par sa simplicité et l'atmosphère de paix que dégageaient les pierres. Peut-être aussi parce qu'elle serait dorénavant le lieu de mes conversations avec Dieu.

Puis Jean me fit remarquer quelques rues et quelques

belles maisons que je n'avais pas vues le matin. Des maisons en bois côtoyaient des maisons en pierres. Les échoppes étaient encore ouvertes. Nous montâmes la rue des pelletiers où je pus admirer de superbes peaux à poils longs et doux, puis la rue des orfèvres dans laquelle étaient rassemblés, me sembla-t-il, les plus beaux bijoux du monde. Jean souriait en me voyant m'extasier devant chaque chose. Mais j'étais un peu gênée d'être avec lui car je ne voulais pas qu'il croie que tout cela me faisait envie. J'aimais regarder les belles créations de ces artisans, mais sans aucune convoitise. Je n'avais jamais porté de bijoux et n'en voyait aucun intérêt. Or Jean me dit :

— Choisis ce qui te plaira.

— Je n'ai envie de rien. Je n'ai besoin de rien.

— Moi, si, me répondit-il. Je comprends bien que si tu portes un bijou, tu n'en profites pas car tu ne le vois pas. Mais moi, quand je te regarde, je vois le bijou et j'ai envie de me faire un cadeau.

— Tu peux aussi bien mettre un bijou sur un chien, alors, ou l'accrocher au mur. Sinon, quand tu me regarderas, je ne saurai jamais si tu me regardes ou si tu regardes le bijou.

— Je vais donc acheter celui-ci, me répondit-il. Quand je serai fatigué de te regarder, je pourrai toujours donner l'impression de m'intéresser à ma femme, alors que ce ne sera que le bijou que je verrai.

Son choix s'arrêta sur ce qui avait retenu mon attention quelques minutes plus tôt, un cercle à poser sur la tête pour retenir les cheveux, orné de deux saphirs.

— C'est une couronne ! Jamais je ne pourrai porter cela !

— Qui t'empêche de la porter ? C'est tout simple.

Il la posa sur ma tête.

— Tu es superbe. Je vais enfin pouvoir te regarder !

Je craignais que tout le monde ne pense ce bijou trop somptueux pour moi, mais je me rendis compte que personne n'y prêtait attention et je croisai deux femmes qui portaient un bijou similaire. Cela me rassura.

Telle fut ma première journée à Plessis-lès-Tours. Une journée riche en découvertes et en émotions. Au retour de notre promenade, je pris plaisir à ranger soigneusement mes vêtements et mon bijou dans le coffre sculpté qui m'était réservé au pied du lit et rejoignis notre couche si confortable alors que les fenêtres étroites laissaient encore passer un filet de clarté. Je m'endormis dans les bras de Jean et je crois que je souriais.

7

Juin 1467

Suzon devait être à l'affût de mon réveil car elle apparut peu de temps après : j'étais seule dans le lit.

— Ma Dame a bien dormi ? s'enquit-elle.

— Très bien, merci Suzon. Et vous ?

— Oh moi, je dors toujours bien. Ce n'est pas comme mon Julien qui n'arrive pas à trouver le sommeil.

— Et pourquoi cela ?

— Il croit toujours qu'il y a quelque chose qu'il n'a pas fait ou qu'il a mal fait et il est toujours inquiet. Il se lève pour vérifier les portes, pour observer le temps, écouter le moindre bruit suspect. Il est bien pénible.

Je me mis à rire.

— Il faut lui faire boire des infusions de camomille.

— J'ai tout essayé. Rien à faire.

Suzon prenait son mal avec bonne humeur. Je me levai et m'habillai avant de passer à de rapides ablutions. Jeanne me demanda :

— Dame Typhaine, voulez-vous un bain ce soir ?

— J'en ai pris un il y a deux jours. C'est beaucoup de travail pour vous, Suzon.

— Pas du tout, c'est un plaisir de préparer cela pour vous.

— Merci, Suzon. C'est pour moi un bonheur de vous avoir. Je crois que, sans vos conseils, je risque de commettre bien des maladresses. Je n'étais vraiment pas préparée à cette vie.

— Ne vous inquiétez de rien, dame Typhaine. La Cour du roi est très simple, vous verrez.

Elle se tut et je vis qu'elle hésitait à me confier quelque chose mais elle se retint.

— Vous vouliez ajouter quelque chose, Suzon ?

— Non, non, dame Typhaine. Non… Enfin…

Je baissai la voix pour demander :

— C'est à propos du roi ?

— Oh, Dieu bénisse notre roi, dame Typhaine. Mais parfois… Enfin… Vous ne répéterez pas à votre époux ?

Suzon était visiblement prête à parler, encouragée par la bienveillance qu'elle savait que j'éprouvais pour elle. J'hésitai de mon côté.

— Pour vous dire vrai, Suzon, je n'ai jamais rien caché à Jean et je ne voudrais pas lui mentir en quoi que ce soit.

— Oh, vous n'auriez pas à mentir, dame Typhaine. Simplement à ne pas lui répéter ce que je peux vous dire.

Une curiosité que les hommes diraient bien propre à notre sexe me poussa à lui répondre :

— Je ne lui dirai rien, Suzon.

— Et bien, ma Dame, parfois le roi a de curieux amis. Vous avez entendu parler de son barbier ?

— Mon époux ne m'a jamais parlé de la Cour. Jamais. C'est étrange, n'est-ce pas ?

Elle hocha la tête.

— Mon maître est un homme simple et dévoué au roi. Il a de l'influence sur le roi, c'est sûr. Mais le barbier !

— Quoi, le barbier ? Je ne pense pas que ce soit son barbier qui ait de l'influence sur notre roi !

— Il est devenu le comte de Meulan. Mais nous, on continue à l'appeler …

Elle baissa la voix :

— Le Daim, c'est-à-dire le Diable, le Mauvais… Olivier le Daim. Il était le barbier du roi quand celui-ci n'était encore que dauphin.. Fuyez cet homme, dame Typhaine, fuyez-le comme s'il était vraiment le Diable.

— Comment notre roi très chrétien peut-il côtoyer le diable ? murmurai-je.

Suzon eut un mouvement d'épaules et me dit :

— Notre roi est un homme, dame Typhaine, et il peut se tromper.

— Merci Suzon, de m'avoir confié ce que vous pensez. Pouvez-vous me parler des autres personnes qui ont de l'influence sur le roi ?

— Il y a son médecin. Nous l'appelons le Jacques du roi. Il y a le capitaine Tristan l'Hermite... Vous savez, dame Typhaine, nous ne connaissons que peu de personnes de la Cour, ceux dont on parle au marché, vous voyez.

— Bien sûr. Le roi m'a demandé d'aller voir la reine et je crains d'être bien maladroite.

— Vous n'avez rien à craindre de la reine, dame Typhaine. Tous ceux qui l'ont rencontrée disent qu'elle est simple, douce et triste.

Suzon ne restait pas inactive en parlant. Après avoir secoué le drap de notre lit, elle se servait maintenant d'un long bâton qui était situé dans un angle de la pièce et avait suscité mon étonnement. Tant de choses avaient éveillé ma curiosité ce premier jour que je n'avais pas posé de questions, pensant que la découverte serait d'autant plus passionnante. Ce bâton, Suzon l'utilisait avec dextérité pour étendre le grand drap sur notre immense lit.

— Vous allez manger, ma Dame. Mon Julien va vous servir. Sire Jean est parti à la chasse avec le roi, m'a-t-il dit.

— Oui, je ne sais quand il va revenir.

— Maintenant qu'il a femme, j'espère pour vous que le roi ne le retiendra pas à son repas, après la chasse. Sinon, il fait nuit quand il revient, même à cette époque de l'année.

— Avant de manger, Suzon, je vais aller à la messe. Je pense que je peux avoir l'office de tierce.

— Oui, dame Typhaine. Vous allez entendre les cloches dans peu de temps.

Le son des cloches de l'église était plus grave que chez nous, je l'avais déjà remarqué. Je les trouvais plus cérémonieuses, plus solennelles et plus tristes. Je trouvai l'office également plus austère. Sans doute se mêlaient en moi la nostalgie de mon Cussy natal et la crainte de l'avenir. Je demandai à Dieu, une fois de plus, force et sérénité.

Françoise m'avait préparé un excellent repas. Après l'avoir mangé avec appétit, je me dis que c'était le moment pour remercier et féliciter notre cuisinière.

Je m'aperçus qu'elle devenait toute rouge quand j'entrai dans la grande cuisine et en fus encore plus embarrassée.

— Excusez-moi de vous déranger, Françoise. Je venais pour vous remercier des repas que vous m'avez préparés depuis que je suis là. C'est tout très bon, très très bon. Merci.

Françoise évitait mon regard et elle me répondit d'un ton que je jugeai bougon.

— C'est mon travail.

— Il y a plusieurs manières de faire son travail. Vous êtes, vous, une excellente cuisinière.

Elle osa lever le regard vers moi et murmura :

— Merci, dame Typhaine

Enhardie par le fait qu'elle eût prononcé mon nom, j'ajoutai :

— Hier soir, mon mari m'a dit que ce que nous avions mangé s'appelait du "blanc-manger". Il n'a pas su me dire comment c'était fait. Cela vous ennuierait-il de me l'expliquer ?

— Pas du tout, dame Typhaine. C'est du riz cuit dans de l'eau, du blanc de poulet et du lait d'amande.

— C'est le lait d'amande qui donne ce goût si savoureux ? Il n'y avait pas de miel ?

— Oh non, ma Dame. C'est du sucre. Tenez, je vais vous montrer.

Elle prit dans un bahut un gros bloc d'un blanc crémeux.

— Je l'achète en ville.

— Je n'en ai jamais vu. Vous savez, Françoise, je viens de la campagne et j'étais fermière.

Je pensais la mettre ainsi définitivement en confiance, mais j'obtins l'effet contraire. La jeune femme — elle devait être à peine plus âgée que moi — rangea le pain de sucre sans ajouter un mot et reprit son travail qui consistait à plumer un poulet. Je ne voulus pas m'arrêter sur un échec et décidai de poursuivre l'offensive.

— Cela vous ennuierait beaucoup si je venais quelquefois voir comment vous préparez les plats ?

— Vous êtes chez vous, dame Typhaine, et vous pouvez venir dans la cuisine comme bon vous semble.

Je battis définitivement en retraite :

— Merci, Françoise.

Je me savais malhabile et empotée et, je crois pouvoir le dire aujourd'hui, un peu vexée de cet accueil glacial. Je sortis de la cuisine et allai dans la grande salle où venaient d'avoir été livrés rouet, quenouille et laine. Je trouvai dérivatif à mon échec dans le plaisir d'installer mes instruments de travail près de la grande cheminée.

Suzon vint me rejoindre peu de temps après.

— Dame Typhaine, Françoise voudrait savoir qui de vous deux va désormais faire les courses. Si c'est elle, que voulez-vous manger ce soir ?

— Je n'ai pas pensé à cela, Suzon. Je ne sais pas... Qu'elle fasse aujourd'hui comme elle a l'habitude et je verrai pour les jours suivants. Pourquoi ne m'a-t-elle pas parlé de cela quand je suis allée la voir à la cuisine ?

Suzon ne me répondit pas. Elle secouait énergiquement les coussins posés sur les banquettes.

— Suzon, insistai-je. Y a-t-il quelque chose que j'ai fait qui a pu blesser Françoise? Dites-le moi. Je ne sais pas pourquoi elle accepte si mal ma présence dans cette maison.

Suzon se redressa et me regarda :

— Françoise est une brave fille, ma Dame, et je ne voudrais pas que vous la chassiez.

— La chasser ? Pourquoi la chasserais-je ? C'est une excellente cuisinière. Mon mari l'apprécie et je ne vois pas quelles pourraient être les raisons d'un renvoi.

— Il y en a une, pourtant, dame Typhaine, et Françoise m'a demandé de vous en parler moi-même car elle n'ose pas.

— Et bien, parlez donc, Suzon. J'ai hâte de comprendre l'hostilité de Françoise vis-à-vis de moi.

— Oh, il n'y a aucune hostilité. Simplement une grande peur de vous, ma Dame.

— Peur de moi ?

Je la regardai, vraiment intriguée par ce qu'elle devait me révéler.

— Françoise a déjà été renvoyée deux fois lorsque ses maîtres, ou plutôt ses maîtresses, ont connu son passé.

J'attendais la suite, mais Suzon dévia la conversation, comme pour éloigner le moment où elle aurait à me dévoiler le secret de Françoise.

— Elle vient de la campagne, mais elle a appris la cuisine en travaillant pour le seigneur du Plessis chez qui elle avait été recommandée. Lorsqu'il a trouvé femme, celle-ci a chassé Françoise de chez elle. Elle a trouvé une place, toujours de cuisinière, chez le seigneur du Lude et il est arrivé la même chose quand son épouse a su… Voilà pour quelles raisons elle est si craintive.

— Vous me faites peur, Suzon. Qu'a-t-elle pu faire de si terrible ?

— Et bien, elle n'a pas de mari et… et elle a un enfant de

cinq ans maintenant.

— Un enfant ?

— Oui, dame Typhaine. Un enfant que gardent ses parents. Un enfant qu'elle aime beaucoup.

Je m'assis sur le grand fauteuil près de la cheminée dans laquelle quelques faibles tisons rougeoyaient. Je me souvenais de la Pierrette, comme on disait à Cussy. On en parlait à voix basse, et je ne l'avais jamais fréquentée car sa renommée était terrible. Elle avait, elle aussi, eu un enfant hors mariage. Ses parents l'avaient chassée de chez eux et elle était partie on ne sait trop où. Et voilà que chez moi-même je me trouvais avec une fille qui avait eu un enfant hors mariage ! J'étais abasourdie et horrifiée. D'abord, il me fallait savoir pour quelles raisons Jean l'avait prise chez lui et je le demandai à Suzon.

— Il a dit que cela n'avait aucune importance et que si elle faisait bien la cuisine, il ne voyait pas pourquoi il ne la prendrait pas à son service. Il a dit qu'elle avait besoin, plus que toute autre, de travailler pour élever son enfant et il a dit aussi que tout le mal que l'on disait de Françoise n'était qu'hypocrisie et malveillance de femmes.

Je restais confondue par cette réponse. Certes, je savais Jean peu enclin à respecter la morale, mais là, je trouvais qu'il était allé un peu loin. Traiter d'hypocrite ou de malveillante une femme qui voulait écarter le vice de sa maison ! Etait-ce vraiment ainsi qu'il aurait dû parler ? Et devant des gens de la maison ! Ma position se compliquait.

— Merci Suzon, de m'avoir mise au courant. Je parlerai avec mon époux dès son retour. Et je vous dirai alors quelle sera notre décision.

Comme je regrettais en cet instant les conseils de la Mère Abbesse ! Toute la journée, je retournai le problème dans ma tête, tout en occupant mes mains à carder la laine près de la haute cheminée. "Fais ce que dois, advienne que pourra", disait la devise de Jean. Mon devoir à moi n'était-il pas de chasser le mal loin de ma maison ?

Dans l'après-midi, j'allai prier à l'église et demander l'aide de la Très Sainte Vierge Marie.

Jean revint alors que les cloches sonnaient vêpres. Je prenais mon bain, comme le jour de mon arrivée. Il vint me rejoindre dans la chambre et m'embrassa. Il était d'excellente humeur et fut étonné de me trouver un air si grave. Je sortis du bain, Suzon m'enveloppa d'un grand drap et partit discrètement.

— Que se passe-t-il ? me demanda-t-il quand nous fûmes seuls.

Je lui répétai les paroles de Suzon et lui fis part de mes hésitations quant à l'attitude à tenir avec notre cuisinière. Il me regardait avec stupeur.

— Toi ? me dit-il. Toi ? Tu voudrais renvoyer Françoise ?

— Non, je voudrais en discuter. Je ne sais pas quoi faire. N'oublie pas ce qu'a dit la Mère Abbesse : apprendre à reconnaître le mal et l'écarter de son chemin. Françoise n'est-elle pas le mal ?

— Françoise ? Le mal ? Typhaine, réfléchis à ce que tu dis et ne me ressasse pas sans arrêt les paroles de la Mère Abbesse. Pense par toi-même.

— Comment oses-tu parler ainsi de la Sainte Mère Abbesse ? Elle est ma mère et ma conseillère !

Et je me mis à pleurer.

— Arrête de pleurer et réfléchis un peu. La Mère Abbesse n'est plus près de toi et tu ne dois plus te comporter comme une enfant qui attend qu'on pense pour elle. Que reproches-tu à Françoise ?

— Elle a eu un enfant hors mariage ! répondis-je en hoquetant.

— Oui. Et alors ?

— Alors, c'est un péché mortel.

— Jésus n'est-il pas venu pour les pécheurs ?

— Mais je ne suis pas Jésus !

Et mes pleurs redoublèrent.

— N'est-il pas demandé aux Chrétiens de suivre la voie que nous a montrée Jésus ?

— Oui.

— Il aurait pardonné. Pardonne.

— Il faut que je demande au curé... Je n'ai encore aucun confesseur ici.

— Ne peux-tu décidément te passer d'une autorité religieuse ?

Je sentais l'agacement et je ne voulais pas que cette première dispute fût une rupture dans notre entente jusque-là sans nuage.

— Tu crois qu'elle regrette ce qu'elle a fait ? Peut-être a-t-elle été forcée ? Et son fils ?

Mes questions fusaient, désordonnées. Elles étaient le reflet de ma panique.

— Je ne sais pas si elle regrette ce qu'elle a fait, ça ne me regarde pas. Je ne crois pas qu'elle ait été forcée. Quant à regretter d'avoir son fils, je ne le pense pas. C'est un enfant superbe et je connais bien des gens qui lui envieraient un tel fils, à commencer par le roi !

— Jean, m'exclamai-je, ne va pas trop loin.

Il haussa les épaules et m'embrassa.

— Je trouve que Françoise est très loyale et courageuse. Elle aurait pu te cacher tout cela et tu ne l'aurais jamais su peut-être, et elle ne risquait pas de perdre son travail. Tu iras demain la rassurer et lui dire que nous la gardons... Suzon est moins dure que toi ! ajouta-t-il après un silence. Peut-être parce qu'elle est plus âgée et connaît la vie mieux que toi. Demande-lui conseil, à défaut de la Mère Abbesse. Tu ne t'en trouveras pas plus mal.

Je me résignai à suivre l'avis de mon époux : je ne voulais pas que ce premier désaccord entre nous prît de plus fortes proportions. De plus, je dois avouer que si je pensais que mon devoir moral me dictait une attitude rigoureuse, ma faiblesse — c'est ainsi que je nommais ce sentiment que je découvrais en moi — me guidait vers la clémence. De plus je ne pouvais que reconnaître que la démarche de Françoise était loyale.

Je repoussai mon entrevue avec elle au lendemain. Je me sentais incapable d'aller la voir à ce moment. Pendant le repas, Jean effaça vite le sentiment désagréable de désaccord entre nous et me raconta sa chasse d'une manière enjouée. J'avais moi-même retrouvé mon entrain pour lui montrer ma quenouille, mon rouet et le travail déjà effectué sur la laine.

Le lendemain, après notre repas et le départ de Jean, je me décidai à aller à la cuisine. Françoise me lança un timide salut.

— Françoise, j'ai discuté avec mon époux à votre sujet. Nous avons beaucoup apprécié votre sincérité. J'aurais pu tout ignorer... Merci. Vous restez à notre service. Nous sommes très contents de vous.

Le sourire de Françoise me remercia amplement de ma décision.

— Vraiment, dame Typhaine, vous me gardez ?

— Bien sûr.

Je me sentais maintenant si heureuse de ma décision que je fus étonnée moi-même de ce qui suivit :

— Mon époux m'a dit que votre fils était très beau. Pourrai-je un jour faire sa connaissance ?

Je dois avouer que mes hésitations de la veille me parurent très vite ridicules. La joie de Françoise avait embué ses yeux, rougi ses joues et son menton tremblait. Je me retournai pour ne pas accroître son embarras et ouvrit la porte qui donnait dans le jardin.

— Il fait un temps splendide, Françoise. Cela vous ennuierait-il que nous allions ensemble faire les courses ? Vous pourrez me montrer tout ce que je ne connais pas.

Un court silence suivit pendant lequel je devinais Françoise occupée à reprendre un rythme de respiration normal. Sa voix tremblait encore quand elle me répondit :

— Je serais très contente, dame Typhaine...

— Je vais donc me préparer. Dites à Suzon quand vous serez prête à sortir.

Les jours qui suivirent me permirent de faire plus ample connaissance avec notre cuisinière qui devint pour moi, sinon une amie, du moins une compagne dont j'appréciais la sincérité et les connaissances. Nous allions le plus souvent faire les courses ensemble. Françoise connaissait tous les marchands et était capable de me donner les caractéristiques de chacun d'eux : il y avait celui qui trichait sur les poids, celui qui parlait trop, celui qui était trop curieux et celui qui vendait de la nourriture très avariée. Ce fut un étonnement pour moi de voir ce que nous pouvions trouver en ville. Parfois les odeurs trop fortes provoquaient chez moi de telles nausées que je m'écartais vivement de certains étals : il était clair que des viandes largement passées avaient été mises en saloir. Françoise m'apprit que les épices avaient l'avantage de masquer leur goût faisandé en parfumant fortement les sauces.

Elle avait heureusement découvert un boucher en qui nous pouvions mettre notre confiance et c'est à lui que nous achetions la viande. À un marchand d'épices et de fruits exotiques, nous achetions des dattes et des pistaches et, pour un prix exorbitant, du poivre de Malabar et des fleurs de safran. Tout cela était pour moi un luxe ignoré jusqu'à ce jour.

Grâce à Françoise, je devins bientôt une cuisinière experte et nous nous partagions joyeusement la fabrication des plats. Elle m'apprit à utiliser moutarde et ail, à soigneusement doser le poivre, le gingembre, la cannelle, la noix de muscade, le girofle. Toutes les sauces que nous obtenions accompagnaient merveilleusement bien le gibier tiré par Jean qui se rendait souvent à la chasse.

Ainsi s'écoulèrent mes premiers jours d'été à Plessis-lès-Tours.

8

Juillet - septembre 1467

Je me souviens de ma première rencontre avec la reine, deux semaines environ après mon arrivée. Jean, en revenant un soir de chez le roi, m'avait annoncé qu'elle m'attendait le lendemain dans l'après-midi. Je redoutais cette première entrevue. Je craignais le dédain de la reine pour une campagnarde qui ne savait pas s'habiller avec grâce, qui ne savait pas tenir une conversation, qui ne savait rien des affaires de la Cour, ne connaissait personne, ignorait les noms ou les fonctions des personnages de la Cour... Enfin, j'étais effrayée et, si ce n'avait été la volonté de Jean, j'aurais esquivé cette obligation.

J'avais ouï dire que la reine était très simple et le problème de ma toilette fut vite résolu. Je n'avais que deux robes : celle achetée par Suzon avant mon arrivée et une autre choisie avec Jean une semaine auparavant. Ce fut cette dernière que je décidai de porter. J'hésitai d'abord à mettre le bijou que m'avait offert mon époux puis je pensai qu'il serait malséant de me parer de ce que je considérais comme une couronne.

Je partis au château[1], peu éloigné de notre maison, accompagnée de Pierre qui, familier des lieux, devait m'indiquer où m'adresser pour avoir accès aux appartements de

(1) En fait, il s'agissait à cette époque du château de Montils acheté par le roi en 1463. Il sera refait entre 1478 et1480 et deviendra alors le château de Plessis.

la reine. Je fus introduite dans une grande salle froide et assez sombre. Trois femmes étaient assises, occupées à broder. Je plongeai dans une grande révérence.

— Relevez-vous, dame Typhaine, me dit celle qui était au centre.

Elle avait une voix un peu traînante et douce.

— Je vous présente ici mes belles-sœurs, Charlotte et Jeanne(1).

Je replongeai dans ma révérence.

Ce n'est que plus tard que je sus que ces deux femmes étaient les demi-sœurs du roi, les filles d'Agnès Sorel que le père de notre roi Louis avait tant aimée. La haine que celui-ci portait d'une manière notoire à celle qui avait "envoûté" son père, comme il aimait à le dire, ne s'est jamais reportée sur ses sœurs et je peux assurer qu'il les a toujours traitées avec beaucoup de courtoisie.

La reine avait posé sa broderie et me regardait en souriant. Je ne savais pas si je devais parler ou continuer à me taire. Elle me tira de l'embarras en me désignant un siège.

— Asseyez-vous, Madame. Voulez-vous bien me permettre de vous appeler par votre prénom ?

— Bien sûr, Majesté.

— Je crois que vous vous appelez Typhaine, n'est-ce pas ? Sans doute êtes-vous née au mois de janvier ?

— En effet, Majesté, ma mère m'a mise au monde au matin de l'Epiphanie.

La reine, habillée très sobrement, avait repris son travail. Elle était blonde, plantureuse et sans beauté, mais son sourire bienveillant avait du charme.

Mesdames Charlotte et Jeanne étaient autrement belles, surtout Dame Charlotte qui avait des yeux d'un vert admirable.

— Nous sommes en train de broder pour l'autel de Notre-

---

(1) Agnès Sorel, appelée *Dame de Beauté*, donna trois filles à Charles VII: Charlotte, Marie et Jeanne.

Dame. Je pense, Typhaine, que vous brodez également ?
— Non, Majesté. Je ne sais pas broder. À la ferme de mes parents, nous filions.
— C'est vrai que vous avez vécu à la campagne.
Je fus heureuse de constater que le ton n'avait rien de méprisant.
— Oui Majesté, j'ai vécu dans la ferme que tenaient mes parents jusqu'à mon mariage, le mois dernier.
— Je suis déjà allée dans votre région avec le roi. C'est un pays que je trouve très beau mais les hivers doivent y être rigoureux.
Dame Jeanne dit, comme pour elle-même et sans lever les yeux de son ouvrage :
— J'aime la vie des fermes. J'adore traire les vaches.
— La vie est très rude, lui répondis-je. Il faut se lever dès l'aube et le travail n'arrête pas de toute la journée. Le soir, il faut souvent continuer à travailler à la lueur du foyer.
La reine me regarda avec intérêt, me sembla-t-il.
— Vous avez dû avoir une vie très difficile, Typhaine. Mais votre mari — qui est devenu indispensable à mon époux — nous a raconté que vous saviez lire et écrire. Comment cela est-il possible ?
— C'est exact, Majesté. Nos terres appartiennent au couvent de Cussy et les religieuses nous ont appris à lire. Mes parents tenaient beaucoup à ce que nous ayons un peu d'instruction.
— Lisez-vous beaucoup, Typhaine ?
Je me sentis rougir.
— Non, Majesté. Mon mari n'a aucun livre, je crains qu'il ne considère la lecture que comme du temps perdu. Les sœurs nous autorisaient à venir lire chez elles et parfois nous faisions la lecture aux religieuses qui ne pouvaient plus bien voir et qui étaient trop âgées pour travailler. J'aimais beaucoup cela.
— Vous me donnez une idée, Typhaine. Si vous ne brodez

pas, voudriez-vous venir de temps en temps nous faire la lecture ? J'ai une bibliothèque assez riche et ...

Je ne pus contenir ma joie :

— Oh, Majesté, je serais si heureuse !

La reine sourit de mon enthousiasme et continua :

— Ainsi, Jean Doyat ne pourra rien trouver à redire à ce que vous lisiez !

C'est ainsi que je fus introduite dans l'intimité de la reine. Sa bibliothèque était riche et je connus bien des joies parmi les livres de toutes sortes. Je m'installais toujours sur le même tabouret capitonné, près de la reine. Parfois nous étions seules, parfois Mesdames Charlotte et Jeanne nous tenaient compagnie.

Dame Charlotte était très gaie. Elle me rappelait ma sœur à bien des égards. Elle aimait plaisanter et imiter des gens de la Cour que je ne connaissais pas encore. Je pensais que ses imitations étaient assez bonnes car ni sa sœur ni la reine, qui se nommait également Charlotte, ne manquaient de reconnaître les personnes concernées. Dame Charlotte avait été mariée par son frère le roi, il y avait déjà cinq ans, à Jacques de Brézé, comte de Maulevrier, maréchal et grand sénéchal de Normandie. Il était un des compagnons favoris du roi qu'il quittait assez peu et c'est pour cette raison que Dame Charlotte était souvent chez la reine.

Dame Jeanne n'était là que de passage. Elle parlait de son mari, le comte de Sancerre, avec admiration. Elle était plus réservée que sa sœur et aimait surtout discuter de nos lectures.

Les trois femmes étaient, je crois, sincèrement contentes de ma venue. Nous faisions alterner les textes sacrés, tel le Nouveau Testament ou la Cité de Dieu de Saint Augustin, avec des œuvres certes plus légères mais que nous aimions, tels les contes d'un écrivain nommé Boccace ou la Cité des

Dames de Christine de Pisan.

Je quittais ma maison lorsque les cloches sonnaient l'office de none et repartais du château quand j'entendais celles de vêpres. À ce moment, la reine se levait pour se rendre à la chapelle où elle allait prier avant son repas.

Au fil des jours qui m'offraient des heures délicieuses, je découvris la grande bonté de la reine Charlotte. Elle était pleine d'indulgence pour tous, et cela ne découlait pas d'une pose forcée mais d'un naturel inné.

C'est lors de ces après-midi que je fis connaissance des petites princesses Anne et Jeanne. Les nourrices les amenaient toutes les deux chez leur mère après leur promenade dans le parc.

Anne avait cinq ans. Elle était une assez jolie petite fille aux yeux sérieux et durs, aux lèvres fines. Je n'ai pas senti pour elle ce mouvement de sympathie et d'émotion qui me porte habituellement vers les enfants, et, lorsque je l'ai mieux connue, je ne suis jamais arrivée à être à l'aise en sa compagnie. Elle me glaçait. Fort bien éduquée, elle me saluait cependant courtoisement. Ses rapports avec sa mère ne comportaient aucun élan de tendresse. Elle se laissait embrasser sagement, s'asseyait près de la reine, répondait brièvement à ses questions et s'en allait sans que je l'aie vu sourire. Il me semblait qu'elle était déjà adulte.

Jeanne avait trois ans. C'était une enfant d'une laideur rarement égalée. Son nez était épaté, elle louchait, elle boitait et elle était bossue. Quand elle arrivait, elle aimait se cacher dans les robes de sa mère qui caressait tendrement ses cheveux blondasses.

Un jour que nous étions seules toutes les deux, la reine se mit à pleurer après le départ des deux enfants.

— Pardonnez-moi, Typhaine. Je ne peux m'empêcher…

Elle s'arrêta et renifla légèrement. Je m'agenouillai près d'elle.

— Oh, Madame, lui dis-je, pleurez si cela peut soulager un peu votre peine. Puis-je être pour vous de quelque réconfort ?
— Merci, ma chère Typhaine, me répondit-elle. Savez-vous que votre amitié m'est très précieuse ? Je vous sais discrète et je vous devine fidèle... Avez-vous vu cette pauvre enfant ? Comme elle est laide et comme le roi son père la déteste ! Quand j'étais grosse d'elle, Louis était persuadé que j'attendais un fils et il était tout content. Il était plein d'attentions envers moi ... Mais le jour de la naissance... je me souviens de ce jour. On était en avril, le 23 du mois, et déjà les bourgeons apparaissaient sur les arbres. Je me souviens de la joie qui envahissait mon cœur, aussi bien à cause du printemps qui jaillissait de partout que pour la nouvelle vie que j'allais donner à ce monde. Moi aussi j'étais persuadée que je donnerais un fils à mon époux. J'avais tant prié ! Et voilà... Au début, pour calmer la mauvaise humeur de Louis, les matrones et les nourrices lui assuraient que la laideur de l'enfant allait disparaître avec le temps et que souvent les plus vilains bébés devenaient de beaux enfants. Je me souviens qu'un jour il répondit violemment à la nourrice : "et sans doute deviendra-t-elle également un garçon ?" En grandissant, Jeanne devient de plus en plus laide. Je sais qu'il a honte d'elle. Mais comme elle a besoin d'amour ! Comme son cœur est délicat ! Elle est bien jeune encore, mais je l'aime vraiment si fort et elle va tellement souffrir !
La reine se remit à pleurer.
— Majesté...
Je ne savais trop quoi dire.
— Majesté, tant que vous êtes là et qu'elle sent votre amour, votre fille ne souffrira pas.
Je savais mes paroles bien faibles et bien peu éloquentes, mais la reine essuya ses yeux du revers de la main et me sourit.
— Merci, ma bonne Typhaine. Je vais reprendre ma bro-

derie et si nous finissions ce conte de Monsieur Boccace ?

Ce fut une des rares fois où j'entendis la reine émettre une réserve sur l'attitude du roi et je sais qu'elle ne l'aurait pas fait devant ses belles-sœurs qu'elle aimait cependant sincèrement. Je dois reconnaître que je fus très touchée de la confiance qu'elle me témoigna.

Il y avait un mois que je venais régulièrement au château. L'été s'étirait, nous offrant de belles journées durant lesquelles nous nous installions quelques heures dans le parc, à l'ombre de l'immense tilleul qui nous apportait de doux effluves. De lourds orages assombrissaient parfois notre plaisir : la reine avait une peur panique des éclairs et du tonnerre. Elle pâlissait et se mettait à trembler. Elle ne disait pas un mot et nous voyions ses lèvres s'agiter pour une muette prière. Elle m'avoua que cette crainte datait de sa tendre enfance, du jour où un châtaignier foudroyé s'était affaissé sur une de ses servantes.

Un soir, Jean m'annonça qu'il devait partir en Auvergne et qu'il séjournerait quelque temps à Cussy. Il ajouta de suite :

— Je préfère que tu restes. Je vais voyager très vite, beaucoup me déplacer. Je serai heureux de te savoir ici, en sécurité, et près de la reine.

C'était notre première séparation depuis le mariage.

— Seras-tu absent longtemps ?

— Je ne peux te le dire. Le roi m'a chargé d'une mission assez importante. Je ne sais combien de temps cela me prendra.

Jamais Jean ne me parlait de ce qui se disait au conseil du roi. Je savais simplement que celui-ci le chargeait de missions dans notre région et qu'il envisageait de pourvoir Cussy de solides murailles, voulant en faire une place vraiment imprenable.

Le lendemain après-midi, je parlai de ce départ à la reine et elle me dit :

— Le roi m'a demandé de le suivre dans son prochain déplacement. Il est presque toujours en voyage, vous savez, et je pars avec lui de temps en temps. Il veut que, cette fois-ci, nous allions ensemble prier Notre Dame du Puy en Anjou pour qu'elle intercède auprès de Notre Seigneur afin qu'il nous accorde un fils. Nous nous arrêterons dans d'autres églises. Voulez-vous venir avec moi ? J'espère que Charlotte pourra également se joindre à nous. Jeanne nous quitte demain avec son époux, le comte de Sancerre.

J'acceptai la proposition de la reine avec joie. La pensée du départ de Jean avait fortement perturbé mon sommeil et je me réjouis de cette diversion à ma peine.

— Je dois reconnaître que c'est très égoïste de ma part de vous faire cette proposition. J'aurais de la peine de me séparer de vous, continua la reine.

Je me sentis rougir de joie à ses paroles.

— Merci, Majesté, murmurai-je.

Jean partit, bien chargé, un matin de septembre. Je lui avais confié des cadeaux pour toute la famille : des vêtements fourrés pour aider chacun d'eux à lutter contre les froids de l'hiver qui s'approchait. Le ciel était d'un bleu clair et tendre, comme je l'aime, quand il a perdu ses ardeurs de juillet et août. Les arbres commençaient à se colorer légèrement.

Ce soir-là, je fus seule dans un lit pour la première fois de ma vie. Je me sentis envahie par une crainte irraisonnée. Julien était de tour de guet et avait promis à Jean de surveiller particulièrement la maison. Heureusement, Pierre était présent et je priai Suzon de coucher près de moi. Jamais je n'avais eu peur à la ferme, même pas quand on annonçait les coquillards[1] dans la région. La présence de mon père et de mes frères suffisait à me rassurer. Ici, je me rendais compte que la maison, toute belle et solide qu'elle fût, ne parvenait pas à dissiper les ombres de la nuit, que j'étais bien faible et que j'avais vraiment besoin du soutien et du réconfort de mon mari.

Notre départ se fit deux jours plus tard par une journée assez triste. Le ciel était couvert et le temps frais.

Ma jument baie était obéissante et soumise. La reine montait une belle bête vive, rapide et parfois rétive, mais elle savait la mener avec beaucoup de fermeté. Elle l'avait appelée Montlhéry, en souvenir, me dit-elle, d'une bataille de son époux contre son cousin, le duc Charles que l'on nommait également le Hardi ou le Téméraire. Il était étrange de voir que cette femme sans beauté avait de la grâce une fois qu'elle était sur sa monture. Je la reconnaissais avec peine. Elle était alors plus vive et joyeuse comme une enfant. Ses joues ordinairement très pâles se coloraient et je ne pouvais m'empêcher de penser qu'elle eût été une femme fort différente si elle était née fille de paysans. Ces pensées me semblaient ensuite très absurdes et même irrévérencieuses.

Quant à Dame Charlotte, elle était très à l'aise sur sa monture, comme elle l'était partout. Jamais je ne l'avais vue autrement que belle et pleine d'assurance. Elle était une compagne agréable et serviable.

Notre déplacement ne pouvait passer inaperçu car nous étions une quinzaine de personnes. Le roi était accompagné du mari de Dame Charlotte, Jacques de Brézé que j'avais déjà vu à la maison où il était venu un soir avec Jean, de Monsieur Antoine de Chabannes, de Jean Bourré, le secrétaire des finances du roi. Olivier Necker, duc de Meulan, que je ne connaissais pas encore et dont m'avait parlé Suzon,

(1) Bandits qui portaient la coquille des pèlerins.

était également du voyage.

Nous nous arrêtions dans des auberges très simples ou chez des particuliers, honorés de recevoir le roi. Jean Bourré envoyait d'avance, dans les lieux où nous allions faire étape, un messager qui veillait à ce que soient prêts le repas et les chambres pour notre troupe. Le plus souvent nous trouvions également des baquets prêts à nous recevoir pour le bain.

J'ai partagé plusieurs fois le lit de la reine, le roi n'exprimant pas le désir d'avoir une chambre avec elle. Dame Charlotte, par contre, était toujours près de son époux. Monsieur de Chabannes voyageait seul avec un domestique. C'était un homme plutôt réservé, de fière allure.

Olivier Necker était le barbier du roi et avait été anobli par celui-ci. Son nouveau titre de comte de Meulan lui donnait une morgue insupportable.

Il avait des traits épais, un nez court aux larges narines, un front droit et étroit, des yeux à l'expression sournoise. Alors que le roi portait des habits simples et son chapeau râpé plein de médailles qu'il semblait décidément affectionner, le comte mettait des habits voyants et rutilants qui me paraissaient ridicules. Il était encombré d'une grosse femme aux cheveux rouges et au parler grossier et bruyant.

Dès le deuxième jour du voyage, le comte de Meulan chercha à se rapprocher de moi. Il n'avait de cesse de s'asseoir à mes côtés ou de chevaucher habilement près de ma monture. Sa compagne Flore, qui voulait jouer le rôle de comtesse, n'appréciait guère son comportement et me faisait continuellement de petites remarques acerbes et blessantes. Je ne lui parlai qu'avec une indifférence polie. Elle cherchait à me faire perdre mon imperturbable égalité d'humeur.

— Jean a voulu partir seul, si peu de temps après son mariage ? Je serais vous, je serais plutôt inquiète, connaissant ses goûts pour les femmes. Il faut dire que souvent il n'est pas difficile !

— Jean fait ce qu'il veut. Il est aussi libre que je le suis moi-même.

Et Dame Charlotte, qui trottait près de moi, ajouta, avec un sourire enjôleur :

— Bien sûr, vous connaissez certainement mieux les hommes que nous ne les connaissons. Rien ne peut remplacer l'expérience due à l'âge…

Un jour que le comte Olivier avait été particulièrement assidu près de moi et que Flore en était plus mortifiée que jamais, dame Charlotte me dit assez haut afin d'être entendu d'elle.

— Que voulez-vous, ma pauvre Typhaine. On n'a pas idée d'être si jolie ! Le comte de Meulan n'a pas dû fréquenter de jolies femmes depuis bien longtemps !

Quand nous étions toutes les trois seules, la reine, moi-même et Dame Charlotte, celle-ci imitait le “Daim” et sa “grosse rouge”, comme elle les appelait, se moquant des coiffures extravagantes que cette dernière portait au repas du soir et je riais aux larmes en la voyant imiter les minauderies de Flore devant le roi ou Monsieur de Chabannes qu'elle cherchait visiblement à séduire. La reine, suivant son habitude, se contentait d'un léger sourire.

— Votre tolérance à l'égard des gens est agaçante, lui dit un jour Dame Charlotte. J'ai l'air d'être une mauvaise langue, alors que je suis sûre qu'au fond de vous-même vous pensez comme moi. Cette femme est odieuse, sotte et ne mérite aucune indulgence.

La reine se mit à rire sans aucune rancœur pour cette réflexion qui me semblait blessante car mettant en doute la sincérité de la reine.

— Charlotte, vous avez raison de me dire cela. Sans doute y a-t-il de ma part une certaine part d'hypocrisie, alors que vous, vous êtes sincère et directe. Restez ainsi, comme je vous aime.

Dame Charlotte se leva et alla embrasser la reine.

— Je n'ai pas voulu vous blesser. Vous êtes vraiment la

meilleure femme que j'ai jamais connue … et il faut que ce soit mon frère, incapable de rien voir, qui soit votre mari !

— Taisez-vous, Charlotte. Vous parlez de mon époux et de notre roi. Et vous savez combien je l'aime.

Le ton était sévère et douloureusement réprobateur.

Quand je décris cette scène, je crains que l'on soupçonne la reine de fausse modestie et de pudibonderie. J'affirme cependant que sa bonté était réelle et sincère, mais la réserve qu'elle montrait en toute chose laissait supposer à bien des gens qui la fréquentaient occasionnellement qu'elle était indifférente à tout, voire d'un esprit un peu borné. Ne connaissant pas le mal en elle-même, elle ne le voyait chez personne. Et de plus, elle aimait sincèrement son mari qu'elle avait eu comme devoir d'aimer et auquel elle trouvait des qualités invisibles à nos yeux.

Un prêtre faisait partie du voyage. Le roi était très strict pour les services religieux et il ne se passait pas un matin ni un soir sans qu'une messe ne fût dite. Dans tous les endroits où nous allions, Monsieur Bourré laissait une bourse bien remplie au prêtre pour les pauvres du village de la part du roi. Celui-ci aimait s'entretenir avec les paysans, il s'enquerrait de leurs soucis et se dévoilait à moi sous un jour nouveau. Il chevauchait sans beaucoup parler, et la reine me confia un soir que le roi souffrait toujours terriblement en position assise[1] sur son cheval et que cela expliquait ses sautes d'humeur.

Il retrouvait son entrain au moment des étapes, au cours desquelles j'évitais la proximité du comte de Meulan dont la présence me pesait de plus en plus. Les repas étaient très animés. Olivier et la "grosse rouge" riaient et parlaient fort, ils amusaient visiblement le roi par leurs réparties qu'ils voulaient pleines d'esprit mais qui étaient d'une vulgarité accablante. Le roi avait lui-même une conversation pleine d'esprit et de finesse et je m'étonnais qu'il pût priser cet esprit facile et

(1) Il souffrait d'hémorroïdes.

lourd. Je me demandai alors s'il n'y avait pas chez lui le désir de choquer son entourage. Jacques de Brézé ne manquait pas de verve lui non plus. C'était un homme nettement plus âgé que Dame Charlotte. Je dois noter que je n'appréciais guère les lourdeurs de ses saillies qu'il devait penser fines mais qui me semblaient très grossières. Quant à Antoine de Chabannes, il était assez réservé et je compris très vite que les rapports avaient dû être tendus entre le roi et lui mais qu'ils tentaient une réconciliation.

La reine, Dame Charlotte et moi-même prétextions souvent la fatigue pour nous retirer rapidement dans nos chambres.

Ma fatigue n'était pas uniquement due au voyage : je me sentais réellement mal à l'aise, j'avais des bouffées de chaleur et des maux de cœur. Je m'en ouvris à la reine qui me regarda et me dit :

— Vous ne devinez pas ce que vous avez, Typhaine ?

Je regardai la reine avec étonnement et, voyant un sourire se dessiner sur ses lèvres, je m'exclamai :

— Oh, vous croyez ?

— C'est fort probable, ma chère Typhaine.

Je regardai mon ventre tout plat et le caressai.

— Puisses-tu vivre heureux, murmurai-je.

La reine m'embrassa :

— J'aime ce que vous avez dit. La plupart des femmes disent "pourvu que ce soit un garçon !". Je pense que c'est ce que dira ou pensera Jean Doyat.

Je hochai la tête. Il était en effet fort probable qu'il désirait un fils.

— Nous autres, femmes, aimons également filles et garçons.

Le jour suivant fut une journée de marche et de prières. Je me souviens avoir allumé des cierges, avoir chanté, prié, suivi un prêtre chargé d'une lourde croix jusqu'au sommet d'une colline sur laquelle se dressait une petite chapelle dédiée à notre très Sainte Mère Marie. Je mêlai mes prières à celles, très ferventes, du roi et de la reine qui demandaient à Dieu de leur accorder un fils.

Notre retour à Plessis me soulagea. La présence du comte de Meulan devenait pour moi franchement insupportable. Il tenta un jour de me violenter alors que je m'étais éloignée dans un coin de bois. Je me débattis avec rage et lui griffai le visage pour me libérer. Je racontai l'incident à la reine et à Dame Charlotte et cette dernière me conseilla :

— Je serais vous, ma chère Typhaine, je ne raconterais pas cet incident à messire Jean. Il pourrait en prendre tant ombrage qu'une rixe entre les deux hommes serait inévitable. Et les rapports avec mon frère deviendraient très délicats. D'autant que je soupçonne fort le comte de craindre l'ascendant que prend votre époux dans l'estime du roi.

Je me rangeai à ce sage avis, et jamais, vois-tu ma chère enfant, ton grand-père n'a su le comportement du comte vis à vis de moi. Leurs rapports sont toujours restés courtois.

9

Avril 1468

Mon ventre s'était arrondi mois après mois et j'arrivais à mon terme. Jean, qui était revenu peu de temps après notre retour du pèlerinage, m'affirmait souvent que peu lui importait d'avoir un fils ou une fille, mais je soupçonnais fort que cette affirmation n'avait pour but que de me rassurer en cas de fille.

Le roi, envisageant des agrandissements et des embellissements dans son château du Plessis, avait envoyé la reine Charlotte s'installer avec ses enfants dans celui d'Amboise.

— Ne serait-ce notre séparation, j'en serais satisfaite car j'aime la vie que je mène à Amboise, m'avait-elle confié. J'espère vous y voir un jour.

J'avais donc perdu une amie et mes journées me paraissaient mornes depuis son départ. Mes délicieuses après-midi de lecture me manquaient et je me retrouvais bien seule. Dame Charlotte était également partie. Heureusement, la pensée d'être mère me tirait de ma mélancolie et Jean avait obtenu du roi le report d'une mission en Auvergne pour après la naissance de l'enfant.

Suzon multipliait les attentions envers moi. Elle était excitée à l'idée d'avoir un bébé dans la maison et m'avait demandé de bien choisir la nourrice.

— La nourrice ? Je ne veux pas de nourrice. Je veux nourrir moi-même mon enfant.

— C'est bien, Dame Typhaine. Mais si vous n'avez pas

assez de lait ?
— Ma mère a toujours eu du lait en quantité pour nous allaiter. Je ne pense pas en manquer.
Suzon avait hoché la tête d'un air satisfait. Elle appréciait visiblement mon ascendance de solides campagnardes.
— Il faudra cependant chercher une nourrice pour vous aider. N'oubliez pas Dame Typhaine, qu'on allaite plus longtemps les garçons, pendant bien trois années.
— Trois ans ? Si longtemps ?
— Dame, si vous voulez que votre petit soit un garçon fort et bien portant !
— Comme notre corps est merveilleux, Suzon ! Je me demande comment nous pouvons avoir du lait après la naissance.
Suzon était pour moi un puits de sciences et elle m'avait répondu :
— C'est simple, Dame Typhaine. Le sang que vous n'avez plus pendant que vous attendez le bébé est en fait un poison dont il a besoin quand il est dans votre ventre et en même temps, il se transforme en lait.
Cette réponse m'avait fait rire :
— Qu'est-ce qui se transforme en lait, Suzon ? L'enfant, le sang ou le poison ?
— Ne vous moquez pas de moi, Dame Typhaine.
Et elle s'était mise à rire elle aussi. Nous nous entendions très bien et les rapports entre nous étaient simples et clairs.
— Vous me parlez toujours de garçon. Et si c'est une fille ?
— Non, non, Dame Typhaine. Vous ne voyez pas que vous avez tendance à porter sur la gauche ? C'est un garçon, j'en suis persuadée.
J'avais bien sûr entendu cela depuis des mois. Nos conversations s'étaient depuis bien longtemps restreintes à tout ce qui avait rapport aux enfants et à leur éducation.
C'était un matin d'avril, frais et brumeux. J'étais revenue

de ma messe quotidienne, avais mangé et me préparais à aller faire des courses avec Françoise. Je tenais à sortir, le marché me distrayait. Jean était parti tôt et devait se rendre à la chasse avec le roi après le conseil. Il ne serait pas de retour avant le soir.

Ce jour-là, je me sentais en pleine forme. Tout en rajustant ma coiffe, Suzon me dit :

— Vous avez bien fait les choses, Dame Typhaine, en attendant ce petit pour le printemps. L'été est tellement dur pour porter !

Françoise s'activait dans la cuisine en m'attendant.

— Nous pouvons partir, Françoise, je suis prête. Vous reviendrez seule du marché : je m'arrêterai à l'église, à notre retour, pour parler au Père Sébastien que je n'ai pas pu voir après la messe, ce matin.

Il s'agissait de mon confesseur, un prêtre âgé et à la santé chancelante.

Nous passâmes un long moment dans l'échoppe du drapier, puis nous achetâmes un poulet, un pot de miel, du pain de primor et un chou. Je rentrai seule à la maison après avoir discuté avec le Père Sébastien à propos du baptême de mon enfant.

Un cheval était attaché près de l'entrée. Je ne me souvenais pas avoir jamais vu cette monture et me demandai à qui elle pouvait bien appartenir.

Suzon vint au devant de moi visiblement très agitée :

— Dame Typhaine, quelqu'un vous attend dans la grande salle.

— Moi ? Qui m'attend ?

— Je préfère vous en laisser la surprise, Dame Typhaine.

Son sourire me rassura. Il ne pouvait s'agir d'une visite trop désagréable. J'entrai.

Debout, près de la cheminée se tenait ma sœur Marie.

Je restai à l'entrée de la pièce sans pouvoir prononcer un seul mot tant mon émotion était forte. Ce fut elle qui se précipita vers moi et se jeta dans mes bras. Nous nous mîmes toutes les deux à pleurer et à rire en même temps.

— Attention, me dit-elle, tu vas abîmer mon neveu. Asseyons-nous.

Elle me mena vers l'un des fauteuils où elle m'installa. Puis elle s'assit sur le sol, près de moi, et posa sa tête sur mes genoux. Je lui caressai les cheveux.

— Comment es-tu venue ? Avec qui es-tu ?

— Je suis venue seule.

— Ne me dis pas que tu as fait le voyage toute seule !

— C'est pourtant vrai.

— Quoi ? Et comment ?

— À cheval. Tu ne l'as pas vu en entrant ?

— À cheval ! Mais comment as-tu eu un cheval ? Et comment as-tu su où j'étais ? Je ne comprends rien.

— C'est Jean qui nous en avait offert un quand il est venu, il y a environ sept mois je crois. Il ne t'a rien dit ?

— Non. Il m'a simplement dit que vous alliez tous très bien.

— Je vois… Il n'a rien voulu te dire parce que tu portais un enfant.

— Me dire quoi ? Comment va père ? Et les garçons ? Raconte-moi vite.

— Ils vont bien.

Suzon, qui était revenue près de nous me dit :

— Dame Typhaine, j'ai demandé à Pierre de s'occuper de la jument de votre sœur et je lui ai fait préparer un bain chaud. Le bain, je veux dire que c'est pour votre sœur, pas pour la jument. Elle est fatiguée. Votre sœur. La jument aussi d'ailleurs. Je l'ai mise dans la chambre près de la vôtre. Votre sœur. Vous parlerez tandis qu'elle sera dans l'eau. Et puis, ensuite vous pourrez manger.

Marie se mit à rire et remercia Suzon. Je remarquai à ce moment qu'elle était habillée en homme. Elle portait des habits ayant appartenu sans doute à nos frères.

— Que fais-tu habillée comme ça ?
— J'ai pensé qu'il valait mieux voyager en homme qu'en femme. Dans les auberges, on me prenait pour un tout jeune homme.
Je regardai ma sœur avec étonnement et admiration. Je ne pouvais comprendre qu'une jeune fille puisse entreprendre, seule, un voyage si long et si périlleux.
— Et comment as-tu pu savoir le chemin qu'il fallait suivre ?
— Jean m'avait donné tous les détails sur les différentes étapes et les différentes villes qu'il faut passer pour arriver ici. Et voilà. En arrivant dans la ville, j'ai demandé la maison de Jean Doyat et ma foi, on a su me renseigner. Je me doutais bien que je te trouverais.
Tout en bavardant, nous étions arrivées à la chambre de ma sœur. Le baquet était prêt pour le bain. Elle se déshabilla et se glissa dans l'eau.
— Comme c'est agréable, Que je suis heureuse de me trouver près de toi !
— Père t'a laissé partir ? Parle-moi de tout le monde. Que s'est-il passé ?
Elle ne répondit pas de suite et je répétai :
— Que s'est-il passé ? Tu ne pouvais vraiment pas t'entendre avec Louise ?
Il y eut une hésitation dans sa voix :
— Jean t'a-t-il parlé de ma maladie ?
— Tu as été malade ? Toi ? Non, il ne m'a rien dit.
— Je crois que, quand il a appris que tu attendais un enfant, il a préféré se taire. C'est bien. Voilà, j'ai été malade. Très malade. Le médecin a cru que je ne pourrais pas guérir et il a demandé qu'on ne s'approchât pas de moi car j'étais contagieuse. Jeannette attendait un bébé et il disait que cela pouvait être mortel tant pour la mère que pour l'enfant. Il a dit qu'il ne fallait pas me toucher, sinon la maladie pouvait sauter sur la personne. Les frères sont allés habiter chez

Matthieu. Et Louise… Louise est restée à me soigner.

Elle se tut et je n'osai pas l'interroger. Elle se laissa glisser au fond du baquet, puis sa tête reparut et elle s'ébroua, m'éclaboussant généreusement avant de continuer :

— Elle est restée près de moi le jour et la nuit. Quand j'avais trop de fièvre et que je délirais, elle me parlait et me mettait constamment de l'eau fraîche sur le front.

Elle se mit à pleurer et je ne savais que dire.

— Papa ne me pardonnera jamais…

— Elle est… elle est morte ?

J'avais murmuré la phrase.

— Non. Mais elle a perdu son bébé. Je ne savais pas… Et elle a failli mourir.

— Comment va-t-elle ?

— Elle s'est remise très doucement. Maintenant elle est sauvée… Sinon, je ne serai pas là.

— Et qu'ont-ils dit quand tu es partie ?

— C'est Louise qui a parlé à Père. Elle lui a expliqué que j'avais besoin de partir. Que quelques mois avec ma sœur ne pourrait que réussir à ma santé. Elle a dit qu'elle et Jeannette se débrouilleraient à la ferme.

Nous restâmes un moment silencieuses.

— Nous avons une superbe petite nièce, me dit-elle.

Je reconnus là ma sœur, le ton joyeux qu'elle venait d'employer ne me trompait pas. Je n'étais pas dupe des sentiments de Marie et elle savait que je ne l'étais pas. Je me contentai de hocher la tête et de sourire à cette annonce. Après un nouveau silence, elle continua dans un murmure :

— C'est une femme merveilleuse. Plus je découvrais ses qualités et plus je lui en voulais. Le plus étrange, c'est qu'elle m'aime.

Marie disparut à nouveau au fond du baquet et m'éclaboussa à nouveau :

— Comme je suis heureuse d'être près de toi ! Tu vis dans un château, dis-moi.

— Presque. Tu ne peux t'imaginer comme ma vie est changée !

Marie était sortie du bain et s'enveloppait dans un drap pour se sécher. Ses cheveux, qu'elle avait bien plus courts qu'auparavant, étaient tout emmêlés.

— Il va falloir que je me peigne.

— Attends, je vais appeler Suzon.

Je savais que celle-ci serait enchantée de rester avec nous.

— Tu as même quelqu'un pour te peigner ?

Et ma sœur se mit à rire à gorge déployée. Nous étions toutes les deux prises de fou rire quand Suzon entra justement pour savoir si nous n'avions besoin de rien.

Notre journée fut consacrée aux bavardages. J'avais tant de choses à apprendre et elle avait tant à savoir de ma propre vie ! Les moindres détails des événements survenus à Cussy me paraissaient passionnants et je n'avais de cesse d'interroger ma sœur sur chacun des habitants de la ferme et sur les personnes que je connaissais en ville. Elle-même était fascinée par ma nouvelle existence.

Jean nous trouva assises près de la cheminée. Il fut très surpris de la présence de Marie et lui prodigua ses félicitations pour son courage et sa ténacité. Après un repas que Françoise avait particulièrement soigné, il nous proposa à toutes les deux de partager le même lit et je rejoignis ma sœur avec joie dans celui qui lui avait été préparé. Nous parlâmes longtemps sous la large couverture de mouton avant de tomber dans le sommeil, harassées par nos émotions.

Le lendemain, je fus prise des premières douleurs de l'enfantement.

Elles commencèrent vers none et Jean était absent. Suzon alerta la matrone qui vint rapidement. Elle m'avait déjà fait livrer la chaise trouée et tout était prêt.

— Comme je suis heureuse que tu sois là ! dis-je à ma sœur. Tu sais, j'ai peur, continuai-je très bas.

J'avais encore dans l'esprit la dernière nuit terrible que vécut notre mère. Marie m'embrassa avec fougue.

— La matrone est là. Elle sait. Elle connaît sans doute mieux que père.

Mon sourire était faible. Nous étions dans ma chambre où tout avait été préparé et j'étais étendue sur le lit. Les eaux étaient déjà parties de mon corps et les douleurs se rapprochaient. Elles devenaient chaque fois plus violentes et m'arrachaient des gémissements, puis des cris. La matrone tournait autour de moi, regardait de temps en temps où en était le travail et me disait que le premier enfant était souvent le plus dur et le plus long.

— Il va ouvrir le chemin aux autres, ce petit garnement.

Elle aussi ne parlait que d'un garçon.

Julien était venu réanimer le feu dans la chambre et l'on avait prévu de nombreux chandeliers pour la nuit. Marie était assise près de moi. Pendant les douleurs, je serrais sa main très fortement et entrais mes ongles dans sa chair. Des larmes scintillaient dans ses yeux.

Lorsque Jean arriva, j'étais encore en travail.

Ce n'est que vers mâtines que naquit notre fils Odyle.

Odyle avait été lavé et habillé et la matrone le tendit à Jean qui le prit avec une tendresse maladroite. Il rayonnait de fierté.

— Le roi va m'envier ce bel enfant, me dit-il. Merci, ma Typhaine.

Il posa le bébé dans la corbeille placée près de notre lit et m'embrassa. Mon bonheur avait effacé jusqu'au souvenir des douleurs et je regardai avec ravissement cet être sorti de moi.

— Regarde les petits ongles ! N'est-ce pas miraculeux ?

me dit Marie, traduisant ainsi mes propres pensées.

Odyle était déjà pourvu d'une courte chevelure châtain et d'une voix impatiente et autoritaire.

Deux jours après la naissance, peu après que les cloches eussent signalé l'office de tierce, Suzon arriva en courant dans la salle du bas où nous nous tenions, Marie et moi, près de la cheminée. Ma sœur filait et Odyle me tétait goulûment.

— Dame Typhaine ! Voici votre mari avec le roi !

Comme le bébé commençait à s'assoupir, je couvris ma poitrine. Je rajustais mes vêtements quand le roi entra, suivi de Jean. Il s'avança vers moi :

— Je ne veux pas troubler le repas de votre enfant, me dit-il de sa voix aigrelette.

— Il vient de terminer, Sire, et il s'endort déjà.

— Nous ne resterons que peu. Je voulais voir le fils de Jean. Puisse Dieu me donner bientôt un fils également.

— Sire, dit Jean, voici la sœur de ma femme, Marie.

Marie avait laissé le rouet pour se lever et s'incliner devant le roi. Elle ne paraissait nullement impressionnée et ne baissa pas son regard.

— Marie. Comme la mère de Notre Seigneur. Dame Marie, votre sœur doit être heureuse de vous avoir près d'elle.

— Je suis moi-même très heureuse d'être ici, Sire.

— Il paraît que vous aimez les voyages et l'aventure ?

Le ton était goguenard.

— Je ne sais pas vraiment, Sire. Je crois plutôt que j'avais très envie de revoir ma sœur.

Le roi hocha la tête. Il la regardait et murmura :

— Bien, très bien…

Ses yeux tombèrent à nouveau sur l'enfant qui dormait.

— Ce sera un beau gaillard. Il est bien constitué semble-t-il.

— Oh oui, Sire, lui répondis-je. La matrone a dit que

c'était un beau bébé.

Il sourit de mon enthousiasme et de ma fierté de mère. Je regrettai aussitôt mon intervention que je jugeai peu charitable alors que je connaissais le désir ardent du roi d'avoir un fils.

— La reine Charlotte m'a demandé si vous accepteriez de quitter Plessis pour la rejoindre à Amboise. Elle vous a réservé un appartement dans le château. Bien sûr, votre sœur y sera la bienvenue. Vous aurez de quoi loger la nourrice et votre servante.

Je regardai Jean. Je ne savais ce que je devais répondre. Il me dit :

— Je crois, Sire, que ce serait une solution idéale. Je serai rassurée, à mon départ, de savoir ma femme et mon fils près de la reine.

— Alors, c'est dit. Préparez-vous à partir le plus vite possible.

— Dans dix jours, nous partirons. Je n'ai pas de nourrice, Sire. Je nourris moi-même mon fils.

— Bien, bien, répéta-t-il. Je vais prévenir la reine de votre arrivée. Je ferai atteler une voiture pour vous accompagner.

Après le départ des deux hommes, Marie reprit sa quenouille en me disant :

— Tu n'as pas exagéré. Je n'aurais jamais imaginé le roi comme cela.

— Il a changé de coiffure, dis-je en riant : il a troqué son bonnet brun contre un rouge. C'est la même toque de fourrure sur le dessus.

— Il doit être chauve.

— Il est surtout très frileux. Je ne crois pas que le roi se soucie de cacher sa calvitie.

— Il a un regard perçant. Il ne doit pas faire bon l'avoir comme ennemi.

— Jean me répète souvent que le roi est bon avec ses

amis, très dur pour qui le trompe.

— Il donne l'impression de tout voir, jusqu'au moindre détail.

Cette réflexion de Marie me rappela que c'était le roi qui avait attiré mon attention sur la devise inscrite sur la cheminée.

— Heureusement, murmurai-je, Jean ne le trompera jamais !

Jean nous quitta deux jours plus tard et nous-mêmes partîmes la semaine suivant son départ.

Nous étions aux premiers jours de mai. Odyle dormait sagement dans une corbeille posée dans la voiture qui nous menait à Amboise. Françoise, qui venait avec nous, était assise près de lui et le veillait. Marie et moi suivions sur nos montures.

Le voyage, entrecoupé de nombreuses haltes durant lesquelles je nourrissais mon fils, fut agréable. De petits villages s'accrochaient aux pentes des vallons et nous longions des rives sablonneuses plantées de peupliers et de saules. Les cerisiers blanchissaient.

Le château d'Amboise nous apparut en fin d'après-midi, massif et solide. Il était encerclé d'un fossé large et profond. Les gardes, avertis de notre venue, descendirent le pont-levis dès qu'ils nous aperçurent. Nous entrâmes dans une vaste cour et à peine eûmes-nous mis pied à terre que deux valets en livrée vinrent nous dire que la reine nous attendait. Je pris Odyle dans mes bras et nous suivîmes la servante qui nous menait à ses appartements.

— Dame Typhaine, me dit Françoise, croyez-vous que je peux venir avec vous ? Il ne faut pas que j'aille avec les domestiques ?

— Non, Françoise, vous venez avec nous. Je ne sais pas où la reine désire nous loger.

La reine se tenait à broder dans une petite salle percée de deux fenêtres. Elle se leva vivement, posa son ouvrage et vint vers moi.

— Chère Typhaine, quelle joie de vous revoir et comme je craignais que vous n'arriviez pas avant la nuit ! Quel bel enfant ! Vous permettez ?

Je lui mis le bébé dans les bras.

— Quel bel enfant ! répéta-t-elle. Comment l'avez-vous appelé ?

— Odyle, Majesté... Et voici ma sœur Marie.

— Dame Marie, je suis très heureuse que vous soyez là. Votre sœur m'a très souvent parlé de vous et j'avais très envie de vous connaître.

Ma sœur salua.

— Ma servante Françoise est venue jusqu'ici avec nous car je ne savais pas où elle devait se rendre.

Françoise avait plongé dans une profonde révérence dont elle n'osait se relever.

— Levez-vous, Françoise, lui dit aimablement la reine. Sylvie va vous montrer votre chambre. J'espère que cela vous conviendra, me dit-elle en se tournant vers moi. N'hésitez pas à me prévenir si quelque chose ne va pas. Je ne savais pas si vous désiriez coucher près de votre fils ou si je devais le mettre dans la chambre de... Françoise, n'est-ce pas ? Vous verrez que ce château n'est pas très grand mais je vous connais les goûts assez simples pour ne pas en souffrir.

Comment trouver la moindre chose à redire à l'appartement que nous avait réservé la reine dans ce château aux murs épais ? Il était somptueux et je fus étonnée des dépenses qu'elle avait dû engager pour nous recevoir. Tout était prêt pour le bébé. Nos fenêtres donnaient sur le parc et déversaient encore dans les chambres des rais de soleil dans lesquels dansaient joyeusement des milliers de petites poussières. Après le repas que nous prîmes avec la reine, nous restâmes, ma sœur et moi, dans le parc auquel la lumière de la lune donnait un charme mystérieux.

Françoise dut nous arracher à notre extase car Odyle réclamait son repas avec véhémence.

10

De mai 1468 à fin 1469

Odyle grandissait sous nos regards admiratifs. Nous étions trois femmes à nous occuper de lui avec dévouement. La reine me demandait parfois de l'amener dans ses appartements et nous étions très fières, ma sœur et moi, quand il lui souriait avec une heureuse confiance.

Le château d'Amboise était, à cette époque[1] une forteresse assez sombre et triste, mais les salles étaient garnies de magnifiques tapisseries. Le parc était très beau et nos petites fenêtres, qui donnaient sur le couchant, nous permettaient de jouir d'un soleil de plus en plus tardif.

Nos journées suivirent bien vite un rythme régulier. Le matin, après la tétée d'Odyle, je procédais à mes ablutions. Nous partions ensuite pour la messe à la chapelle Saint-Florentin et revenions pour déjeuner. Le restant de la matinée se passait en promenades dans le parc avec l'enfant ou dans la forêt à cheval. L'après-midi, nous rejoignions la reine, avec ou sans le bébé, pour des lectures et des discussions. Marie apportait sa bonne humeur et ses reparties pleines d'esprit et de drôlerie. Je revenais dans mes appartements pour la tétée. Nous assistions parfois à l'office du soir en la chapelle.

Nous nous occupions si agréablement que, je dois le

(1) Charles VIII fera édifier le château que nous voyons encore.

reconnaître, l'absence de Jean ne me pesa pas trop. Pendant les longues et belles journées d'été, nous nous installions avec les enfants dans le parc. Odyle était dans son berceau et les princesses restaient près de leur mère ou jouaient avec Marie, infatigable pour les parties de cache-cache. Elle arrivait à dérider la jeune Anne, si sérieuse et presque austère, et à donner confiance à la petite Jeanne qui riait de bon cœur dans les rondes folles qui lui faisaient tourner la tête.

— Dame Marie, eut un jour l'audace de dire la petite princesse à notre grande surprise, c'est le soleil qui vous a tâché le visage comme cela ? Je crois que le soleil vous aime beaucoup.

— Je le lui rends bien, répondit ma sœur. Je veux dire, princesse Jeanne, que moi aussi j'aime le soleil.

— Et moi, je vous aime beaucoup Dame Marie, reprit Jeanne.

La reine attendit qu'elles se fussent éloignées toutes trois pour me dire :

— Votre sœur est un trésor. Quelle ardeur de vivre ! et quelle bonté !

Dame Charlotte profita des beaux jours pour nous rejoindre au château. Comme je m'y attendais, l'entente entre elle et Marie fut rapide et profonde.

Marie se montra plus curieuse que moi quant aux affaires de la France. Je me contentais pour ma part des miettes que voulait bien me livrer Jean mais ma sœur souhaitait comprendre comment fonctionnait le royaume. Elle s'en enquerrait auprès de dame Charlotte, jamais en présence de la reine, et me racontait ses conversations le soir, dans nos appartements :

— Sais-tu que le roi est prisonnier du Duc de Bourgogne, Charles le Hardi ?

— Prisonnier ? Comment est-ce possible ! La reine n'en sait rien du tout !

— La reine croit qu'il est chez son cousin pour traiter plusieurs affaires, mais en réalité, ça s'est mal passé. Le Duc accuse le Roi d'avoir fomenté une révolte contre lui à Liège. Les Liégeois auraient, semble-t-il, mis leur prince-évêque, partisan du Hardi, en prison.

— Mais c'est ridicule !

— Attends, ce n'est pas fini. Le frère du roi, qui s'appelle Charles également, cherche à renverser son frère et à prendre la couronne.

— Mon Dieu ! Est-ce possible ?

— D'après dame Charlotte, non. Elle me dit que son frère Charles n'a pas de santé, pas de courage, pas d'intelligence. Et notre roi lui a fait promettre de ne rien attenter contre lui devant la Croix de Saint Laud.

— Qu'est-ce que c'est ?

— Si quelqu'un trahit un serment fait devant la Croix de Saint Laud, il est damné à jamais. Dame Charlotte m'a dit que son frère Charles a tenté de se faire délier de son serment par le pape mais il n'y est pas parvenu. Il serait bien aise que ce fût le Hardi qui se chargeât de destituer le roi en sa faveur.

Cette incursion dans les affaires du Royaume me paraissait déplacée et presque honteuse. J'en fis part à Marie qui se fâcha :

— Pourquoi veux-tu fermer les yeux devant ce qui se passe dans le Royaume ? N'est-ce pas notre pays ?

— Mais nous ne sommes que des paysannes et ne pouvons rien changer au cours des choses. Donc, c'est peine perdue et ce n'est pas l'affaire des femmes ! La guerre, la bonne marche du Royaume, ce sont des affaires d'hommes.

— Comment peux-tu dire chose semblable ? Sans Jehanne la Pucelle, la France serait peut-être aux Anglais. Et elle n'était rien d'autre qu'une paysanne, comme nous.

Je ne pus qu'approuver ce que disait ma sœur. Je me rendais compte cependant que la connaissance de ces évènements, loin de satisfaire ma curiosité, ne faisait qu'accroître un sentiment d'insécurité amplifié par l'absence de Jean. Je ne pouvais en parler à la reine et enviais son ignorance des choses. Le roi serait-il prisonnier longtemps ? Etait-il en danger ? Son frère réussirait-il à usurper le pouvoir ? Et Jean làdedans ? Lui aussi était évidemment en danger…

La reine, cependant, recevait des courriers du roi, lui disant que son séjour chez son cousin Charles risquait de durer plus longtemps que prévu et l'assurant de son passage à Amboise dans quelque temps.

Je reçus moi-même, peu de jours après ma conversation avec ma sœur, un courrier de mon époux. Il me donnait des nouvelles rassurantes de toute la famille et de lui-même, me promettant une visite à Amboise avant l'arrivée de l'automne. Il nous apprit que la moisson serait bonne, le raisin sucré et il nous dit que Juste pensait convoler avec la fille d'un paysan de Gannat. Il avait fait sa connaissance à une foire de la Saint Michel. Marie avait rencontré la fiancée.

— Ne me demande aucun commentaire : je ne vaux rien quant à mon jugement sur les gens, semble-t-il, ajouta-t-elle.

— Ce n'est pas vrai. Tu es simplement trop passionnée et parfois tu ne peux pas juger. C'est tout.

— Bon. Et bien je ne sais pas trop pour Manon que je n'ai vue que deux ou trois fois mais j'ai l'impression qu'il faudra que notre frère ait du jugement pour deux. Elle ne donne jamais son avis et attend qu'il parle pour dire comme lui.

Je ris.

— Au moins, ce sera facile pour Juste. Sauf si elle change après le mariage !

— À part ça, elle semble bonne fille, et travailleuse.

Comme nous commentions le prochain mariage de notre frère, la reine et dame Charlotte orientèrent la conversation sur la vie à la ferme. C'est avec enthousiasme que nous leur racontâmes les labours de novembre nécessaires pour aérer le sol, les semailles en mars, la moisson de juillet ou août et

le besoin de repos de la terre pendant une année pour récupérer sa fertilité.

— Et si vous avez un hiver très rigoureux qui tue les graines ?

— Oh, non, Majesté. La vie de la graine est bien plus forte que le froid.

— De plus, ajouta Marie, un mauvais hiver et une mauvaise récolte peuvent être compensés par un bon printemps qui fera lever beaucoup d'avoine. Or nous utilisons l'avoine pour les bouillies et pour notre cheval. Nous cultivons de l'orge pour faire notre pain.

— Que plantez-vous d'autre ?

— Nous avons du blé, des haricots, des lentilles, des choux ...

— Et les bêtes ?

— Nous avons un cheval pour tirer la charrue et des vaches. Nous faisons du fromage que nous vendons au marché. Les bêtes coûtent cher de nourriture : il faut beaucoup de foin. Si l'on n'en a pas suffisamment on les vend à la foire de la Saint Michel ou on les tue en novembre. Nous avons également des cochons et des moutons. Les moutons, c'est très bien. Ça ne coûte pas cher, ils mangent sur les terres au repos et on peut faire un tas de choses avec eux : la laine, bien sûr. Mais il y a aussi le lait de brebis qui fait du bon fromage. Et bien sûr, la viande. La peau est utilisée pour les vêtements et les couvertures.

— À Cussy, il y a même un homme, Etienne, qui nous achète les boyaux et les cornes. Il nous dit que c'est pour des instruments de musique.

La reine soupira :

— Vous faites vraiment quelque chose d'utile. Je pense que c'est cela qui explique la passion de votre voix.

— C'est vrai, Majesté, répondit ma sœur. J'aime la terre et notre travail. Mais c'est parfois si dur ! La vie est tellement facile au château !

Et nous racontions les fêtes des moissons, des vendanges, de la St Michel, de la St Jean, et il me semblait, curieusement, raconter une lointaine époque parmi les plus heureuses que j'avais connues.

Jean revint en septembre. Il trouva son fils changé et fort. À quatre mois, Odyle en paraissait six. C'est ce que me soutenait Françoise et ma fierté de mère ne portait aucun doute à cette affirmation.

La reine lui demanda s'il avait des nouvelles du roi et il répondit qu'il le savait effectivement chez son cousin Charles, en Bourgogne.

— Irez-vous le rejoindre ? interrogea la reine.

— Non Majesté, j'ai encore du travail en Auvergne. Je ne reste ici que quelques jours.

De retour dans notre appartement, je le mis au courant de la conversation que j'avais eue avec Marie à propos du roi.

— Une femme n'a pas à s'occuper de ces questions, me dit-il sèchement. Occupez-vous de votre quenouille et de mon fils. Ce sera suffisant.

Il se radoucit pour ajouter :

— Ne t'inquiète de rien. Tout ira bien. Le roi est intelligent et sait ce qu'il fait. Il ne faut pas que la reine soit inquiétée d'aucune manière.

Je passai quelques jours merveilleux. La présence de Jean m'emplissait de bonheur. Nous chevauchâmes dans la forêt qui revêtait déjà ses couleurs automnales, nous nous promenâmes dans la ville que je connaissais déjà mais qui s'emplissait de charmes nouveaux près de lui.

Il ne resta qu'une semaine. La séparation fut douloureuse et je lui demandai s'il n'était pas possible d'envisager que j'habite en Auvergne mais il me répondit :

— À quoi cela servirait-il ? Je suis toujours par monts et par vaux. Tu ne me verrais guère plus. L'an prochain peut-être serai-je plus ici que là-bas. Mieux vaut que tu restes près de la reine. De plus, tu as ta sœur en ce moment.

Après son départ, mon lait se tarit peu à peu et ne suffit pas à mon fils. Je dus faire appel à une nourrice que me recommanda Dame Christine, une dame d'honneur de la reine.

— Claire est une personne simple et douce Elle vous satisfera certainement.

Je ne pus en effet faire aucun reproche à cette femme modeste et propre. Mais une vilaine envie m'envahit quand je vis mon petit Odyle se blottir entre les seins généreux. Un sourire de béatitude éclairait son visage à la fin de la première tétée.

Le mois de novembre arrivait avec ses froidures et le retour des grosses flambées dans les hautes cheminées. Des nouvelles alarmantes du roi, toujours ignorées de la reine, me parvenaient par l'intermédiaire de Marie. Notre souverain avait été obligé de signer, le mois précédent, un traité pour obtenir sa liberté. Puis il avait suivi son cousin devant la ville de Liège. Lors d'une attaque, Dame Charlotte ignorait dans quelle circonstance, le roi avait été sauvé de justesse par ses archers écossais. Impuissant, il avait dû assister au sort réservé à ceux qui avaient pris son parti : le Hardi n'avait accordé aucune clémence, et la cité avait été pillée et en partie brûlée.

Dame Charlotte repartit avec son époux et nous fûmes à nouveau dans l'ignorance de ce qui se passait dans le royaume. Je ne m'en plaignais pas.

Le grand argentier, Monsieur Bourré, arriva fin novembre. Il nous annonça le proche retour du roi et son désir de voir organisée une grande fête à la fin de l'année. Le roi devait recevoir un envoyé d'Angleterre. Les occasions de nous amuser étaient tellement rares que je me souviens de notre excitation. Le roi donnait peu de fêtes, tout juste des dîners auxquels j'avais parfois été conviée et au cours desquels se produisaient des troupes de théâtre, des acrobates, des musiciens. Cette fois-ci, il y aurait banquet et bal. La bourse que m'avait laissée Jean était suffisamment fournie pour que Marie et moi puissions nous acheter de quoi nous vêtir. La reine fit venir drapiers et tailleurs au château et nous passâmes des après-midi pleines de conversations délicieusement futiles où rien ne nous paraissait plus important que le choix de soies, de coloris, de dentelles, de coiffes, de voiles, de fourrures. Qui nous aurait reconnues, Marie et moi, dans ces femmes frivoles, insouciantes et légères ? Je crois que même mes prières quotidiennes dans la chapelle du château étaient entachées de visions fugitives de soieries luxueuses. La reine également se laissait aller à cette douce ivresse. Il y eut des hésitations et des choix difficiles, puis vinrent les essayages et la discussion des détails. La reine avait choisi une soie bleu clair, de la couleur de ses yeux. Pour moi, la brune, mon choix s'arrêta sur du bleu nuit. Quant à Marie dont les cheveux accrochaient des reflets cuivrés, elle choisit un tissu vert. Nous insistâmes toutes les deux pour avoir un modèle de robe simple et couvrant, nous en remettant cependant au tailleur pour la forme, car nous n'y connaissions rien. Le premier essayage fut pour nous une grande surprise : les robes étaient serrées à la taille et soulignaient impudiquement la poitrine.

— Mais non, mes Dames, pas du tout. Ces robes sont d'une ligne très épurée, sobres et couvrantes, riposta le tailleur. Croyez-moi, j'ai travaillé à la Cour de Bourgogne, qui peut être considérée comme le centre des élégances et du bon goût, et je peux vous assurer que vous serez très bien.

La reine nous rassura également, nous disant, qu'en effet, il n'y avait rien de provocant dans notre tenue. Voyant notre réticence, le tailleur intervint :

— Laissez-moi mettre une petite garniture d'hermine à l'encolure de la robe bleu nuit et du vair pour la verte. Cela éclairera l'ensemble… et réduira quelque peu le décolleté.

La reine eut l'attention délicate de faire venir un maître à danser pour nous enseigner, à Marie et à moi, les pas et les figures qu'il nous fallait impérativement connaître et elle-même se mêlait à la leçon avec bonne grâce.

Le roi revint mi-décembre, suivi, peu de temps après, de Jean que j'eus le bonheur de voir débarquer un soir de morne brouillard. Je ne m'attendais pas du tout à sa venue, car le mauvais temps avait envahi le pays. Les journées étaient tristes et sombres, le ciel bas et uniformément gris. La neige tombait en gros flocons serrés, recouvrant déjà le parc. La nuit opaque tombait vite. Je ne sais pas comment Jean avait pu retrouver son chemin dans de telles conditions. Il avait dû mener sa monture bon train pour profiter des courts moments de clarté.

Pris toute la journée près du roi, il n'avait guère le temps de penser à ses habits pour la fête et je m'en inquiétai.

— Ne te soucie de rien, j'ai un tailleur qui s'occupe de tout, me rassura-t-il.

Le matin du banquet, je pris un bain parfumé dans une cuve dressée près d'une autre destinée à Jean. Mon excitation se mêlait d'inquiétude et mon mari se moqua de moi.

— De quoi es-tu inquiète ? de ne pas être à ta place au milieu des comtesses et autres ? Tu es stupide. Dans ce genre de fête, les gens n'ont en général qu'une seule préoccupation : leur apparence. Si le roi a tant horreur des fêtes, c'est qu'il dit qu'elles sont une occasion donnée aux femmes de minauder et aux hommes de fanfaronner.

La reine nous avait dépêché une de ses servantes, experte en coiffures. C'est dans la chambre de Marie que nous nous habillâmes avant de passer entre ses mains : Marie portait une coiffe noire parsemée de fils argentés qui dégageait son front et laissait apparaître ses magnifiques cheveux, qui avaient repoussé avec rapidité, retenus en grosses nattes torsadées sur les oreilles. Quant à moi, mes cheveux étaient retenus en un lourd chignon et ma coiffe était d'hermine.

Je me souviens de ma surprise lorsque je regardai Marie une fois prête. Elle était méconnaissable.

— On dirait une princesse ! lui dis-je

— Regarde-toi ! me répondit-elle. Nous sommes toutes les deux d'autres femmes !

Mon reflet dans le miroir était irréel.

— Marie, lui dis-je. Ne crois-tu pas que Mère Blanche n'approuverait pas du tout notre mise ? Crois-tu que nous sommes dans le péché ?

Marie eut un léger haussement d'épaule qui traduisait son incapacité de répondre à ma question.

— Je ne sais pas ce qu'en penserait Mère Blanche, mais nous ne faisons rien de mal. Je trouve... je trouve que c'est très agréable de te regarder.

Jean arriva dans la chambre à ce moment. Il avait belle prestance, tout en noir chamarré d'argent. Il s'arrêta sur le pas de la porte et nous regarda. L'étonnement se lisait facilement sur son visage. Mais il ne dit rien et s'inclina en disant de son ton moqueur :

— Je vous salue, gentes dame et demoiselle.

Cela me rappela le Jean qui venait nous voir à la ferme et nous saluait déjà ainsi. J'eus brusquement la certitude de lui déplaire dans ce déguisement prétentieux.

— C'est ridicule, n'est-ce pas ? lui demandai-je avec anxiété. Dis-moi, nous sommes ridicules, c'est ça ?

Jean hésita.

— Tiens-tu vraiment à ce que je vous dise ce que je pense ? Tu y tiens vraiment ?

Je sentis les larmes qui me montaient aux yeux. Je savais déjà que je n'assisterais pas à la fête.

— Oui, dis-je tout bas, je veux savoir.

— Eh bien ...

Il hésitait à nous asséner le coup fatal, cela se voyait clairement.

— Eh bien, je ne pensais pas que deux paysannes auraient tant de goût. Vous serez toutes les deux les plus belles des femmes. Vous êtes simples et élégantes.

Un brouhaha incroyable régnait dans la salle en attendant l'arrivée du roi. Les tables dressées pour le banquet étaient recouvertes de nappes blanches. Un chatoiement de couleurs égayait la grande pièce aux murs sombres tapissés de scènes de chasses et d'épisodes de la guerre de Troie. Je connaissais déjà un certain nombre de dames et demoiselles d'honneur de la reine mais bien des visages m'étaient totalement étrangers. Certaines femmes portaient des coiffes hautes, deux avaient même des hennins encombrants, des robes à deux couleurs, des bijoux ostentatoires.

— Encore des nostalgiques du luxe du roi Charles VII, me glissa Jean à l'oreille.

D'autres étaient habillées plus sobrement et je remarquai avec satisfaction que Marie et moi étions dans ce lot.

Les hommes étaient vêtus de chausses et de pourpoints de velours ou de soie et certains arboraient des souliers à la poulaine[1].

Un son de cor annonça le couple royal. Le roi avait échangé son éternel bonnet pour une coiffe assortie à son pourpoint violet. Une croix d'or remplaçait ses patenôtres de bois ordinaires. La robe bleue de la reine était élégante et égayée d'un collier d'or incrusté de turquoises.

Nos souverains prirent place, ainsi que les hôtes de marque, à la table centrale, légèrement surélevée et flanquée de deux autres tables plus longues. Jean s'y installa également tandis que Marie et moi cherchâmes deux places côte à côte à la

---

(1) Souliers d'origine polonaise à la mode en France au XIVème et au XVème, qui se caractérisaient par une pointe démesurément longue.

table du flanc gauche. Tous les convives étaient assis d'un même côté des tables afin de pouvoir assister au spectacle qui allait être donné au centre de la salle. Les musiciens, installés près de lourds rideaux pourpres, commencèrent à jouer.

Les officiers domestiques de la maison royale déposèrent sur la table royale des gobelets d'étain et des flacons de vin de Chypre et d'Espagne puis trois plateaux d'argent sur lesquels reposaient des paons à la queue déployée. Un murmure d'admiration parcourut la salle et l'orchestre se tut. Le chapelain du château se leva alors et dit le benedicite. Le roi se fit verser du vin dans son gobelet et partagea sa coupe avec son hôte, un homme long et maigre.

Les musiciens reprirent leurs instruments, des plats d'or et d'argent furent apportés sur toutes les tables et commença un repas qui devait durer plusieurs heures.

Il y eut quatre services, composés chacun de plusieurs plats et entrecoupés de divertissements au cours desquels tout était enlevé des tables, jusqu'aux nappes ! Il est vrai que ces dernières étaient bien souillées car si les tranches de viande étaient prédécoupées et les boulettes prêtes nous n'en avions pas moins des doigts graisseux que nous étions bien obligés de nous essuyer.

Il y eut des pâtés de bœuf et des rissoles, de la purée noire de lentilles, du gravé lamproie, du brouet de char, du poisson en sauce blanche, des lapereaux, des oiselets, du lait lardé, de la queue de sanglier à la sauce, des chapons à la dodine, des pâtés de saumon, des tartelettes à la crème et au fromage, du gibier, du rost de poisson, des anguilles, de la gelée de poisson, diverses sucreries.

Nous étions repues et le vin de Chypre dont nous avions bu chacune un bon gobelet nous avait égayé l'esprit lorsque, d'une immense fontaine apportée au centre de la salle, jaillirent des jongleurs. Il y eut encore des baladins, des montreurs d'ours et de singes, des acrobates.

La lumière du jour, qui entrait parcimonieusement par les fenêtres, déclinait. Nous décidâmes, toutes les deux, de rejoindre nos appartements pour soulager nos intestins avant la nuit. Quand nous revînmes dans la salle, on commençait à débarrasser les tables après le quatrième et dernier service. Flambeaux, lustres et candélabres donnaient une autre apparence à la salle. Les serviteurs apportaient des coupes remplies d'eau pour le lavage des doigts, ôtaient les tréteaux, nettoyaient rapidement. Le roi, la reine et leurs hôtes étaient assis sur des fauteuils situés sur l'estrade. Les autres convives s'étaient installés sur les bancs ou restaient debout à bavarder, attendant le début du bal.

Jean s'approcha de nous, accompagné d'un homme que nous avions remarqué assis près de lui pendant le repas. Il semblait avoir une trentaine d'années, son maintien était réservé et sa mise simple.

— Comte, je vous présente ma femme, Typhaine. Le Comte de Surcy.

Le comte s'inclina devant moi et je saluai.

— Et voici sa sœur, Marie.

Le comte s'inclina à nouveau.

— Puis-je vous demander, dit-il à Marie, de m'accorder la danse qui va commencer ?

— Avec plaisir, comte, dit Marie avec empressement, mais je crains de ne danser que très mal. C'est la première fois que je danse… mais j'ai un peu appris.

— Peu importe. Vous essaierez de suivre les autres femmes et ne vous en faites pas.

Le roi se leva, les conversations tombèrent. Il invita la reine et ce fut le signal pour les autres couples de se préparer pour le premier menuet. Marie se mit en place avec le comte et moi-même avec Jean. J'étais très émue. J'avais l'impression que tout le monde remarquerait ma maladresse. Quelle présomption ! Chacun était bien trop occupé de soi-même. Seules les personnes qui ne dansaient pas et restaient à observer devaient se permettre des remarques désobligeantes, telles que j'en entendis au passage, non sur moi, mais sur d'autres danseurs et danseuses. Je crois que je m'en sortis assez bien.

Le roi et la reine se retirèrent tôt. Leur départ n'affecta pas le déroulement du bal, les conversations s'élevèrent d'un ton. Nous restâmes longtemps, je m'en souviens. Je dus danser avec Olivier le Daim toujours encombré de la grosse rouge, plus rouge que jamais car elle portait une robe écarlate et riait bruyamment.

Le comte de Surcy dansa souvent avec Marie, ce qui ne plaisait visiblement pas à la vicomtesse de Brignolles, femme épaisse, de celles qui, comme disait Jean, n'avait pu oublier les fastes du roi précédent. Elle portait un haut chapeau compliqué et sans doute fort peu pratique. Son mari, cloué à un banc, était vieux, avait des tics qui lui déformaient la bouche à intervalles réguliers et semblait ahuri par le bruit et l'agitation qui l'entouraient. Ils étaient accompagnés de leur fille au teint rosé, à la bouche petite, aux yeux ronds, aux vêtements lourds. Je remarquai son front agrandi par un artifice qui consistait à raser les cheveux sur le devant du front. Très peu indulgente, je trouvai son aspect du plus haut ridicule. La vicomtesse avait présenté sa fille au comte :

— Comte de Surcy, je suis heureuse de vous revoir. Je vous présente ma fille Yolande qui voulait faire votre connaissance. Elle serait heureuse de vous accorder la prochaine danse.

Le comte n'avait pu faire autrement que de s'incliner et d'inviter la jeune fille, mais il n'avait dansé qu'une fois avec elle et était revenu à Marie. Tandis que j'évoluais non loin de ma sœur dans un gracieux virelai, je l'entendis dire au comte :

— Les cochons adorent se vautrer dans le purin mais ce sont des bêtes agréables.

Un peu plus tard, tandis que Jean dansait avec Marie et moi avec le comte, celui-ci me demanda :

— Etes-vous aussi passionnée que votre sœur par la terre et les travaux qu'elle nécessite, Dame Typhaine ?
— Oh, oui. Mais j'ai dû partir de la ferme après mon mariage et voici bien du temps que je perds ma terre.
— On ne perd jamais la terre. Elle vous habite.

11

Janvier-août 1469

Je filais près de la cheminée. Jean venait de mettre une grosse bûche dans l'âtre et je lui narrais les derniers progrès de notre fils, sorti dans le parc avec Marie, lorsque Françoise vint nous prévenir de l'arrivée du roi. Je ne l'avais pas revu depuis le bal et une quinzaine de jours s'étaient déjà écoulés.

Louis le onzième avait retrouvé sa vieille toque de castor usée et était accompagné de deux superbes chiens blancs. Je me levai pour le saluer et, avec sa simplicité coutumière, il me dit :

— Asseyez-vous donc, dame Typhaine, et reprenez votre ouvrage. Je vais m'asseoir sur ce fauteuil près de l'âtre, si vous n'y voyez pas d'inconvénient. Il fait bien froid aujourd'hui, ne trouvez-vous pas ?

— Je ne sais pas Sire, je ne suis pas sortie, mais ma sœur est dans le parc avec mon fils.

— Et bien, voilà une bonne manière de l'aguerrir dès son jeune âge, c'est très bien. Comment trouvez-vous mes nouvelles bêtes ? C'est le Comte de Surcy qui me les a offertes. Le grand est un lévrier mâle et le petit est une levrette femelle.

— Ils sont superbes, Sire, répondit Jean.

Et il s'accroupit près des chiens pour les regarder attentivement.

— Parfait, ajouta-t-il, parfait. Le Comte vous a fait un

magnifique cadeau.

Marie entra à ce moment-là, portant Odyle encore tout emmitouflé. Elle eut un moment d'hésitation en voyant le roi puis plongea dans une révérence quelque peu maladroite.

— Relevez-vous dame Marie. Je venais montrer mes lévriers à Jean. Qu'en pensez-vous ?

— Ils sont magnifiques, Majesté. Je ne connaissais pas ces chiens. Je peux les caresser ?

— Allez-y, ils sont très doux.

Elle me donna l'enfant puis se pencha vers les bêtes qui levèrent leur museau vers elle. Elle caressa d'abord la petite femelle puis le mâle qui lécha sa main.

— Et leurs poils sont si doux et si brillants ! C'est vous qui les brossez, Sire ?

Le roi se mit à rire :

— Ce n'est pas l'envie qui m'en manquerait, mais le temps. Pour l'entretien de mes chiens, je fais entière confiance à Bruno. Il adore les bêtes et je ne pourrai jamais le remplacer tant il les soigne bien. Que voulez-vous, dame Marie, les chiens, c'est vraiment ma grande passion. Je n'ai jamais été déçu par eux. Leur attachement est sûr et pas besoin de faire des attributions de colliers… A ce propos, tu ne m'as pas encore répondu, compère : que penses-tu de mon idée de l'Ordre de Saint Michel ?(1) Que penses-tu de mon idée d'offrir des colliers à ces gens de la noblesse ?

— J'y ai réfléchi, Sire, et je pense que c'est une bonne idée.

— Moi aussi. Je dois t'avouer que l'un de mes grands plaisirs serait de voir la tête de mon cher cousin Charles quand il verra que la Toison d'Or risque de perdre des Chevaliers.

— Perdre ? et pourquoi Sire ?

— Parce que je ne veux pas des deux ensemble : tous ceux qui voudront prendre mon collier devront abandonner

(1) Propre à la couronne de France et fondée le 1er août 1469, cet ordre visait à concurrencer la Jarretière d'Angleterre et la Toison d'Or de Bourgogne.

celui de la Toison d'Or.

Visiblement les deux hommes avaient oublié notre présence et parlaient sans se soucier de nous. Le roi continua :

— Il s'agit maintenant de donner du prestige à mon ordre et pour cela il me faut un choix sévère dès le début. Je veillerai à la bonne noblesse des personnes qui y seront admises, à la confiance que je peux leur accorder... La confiance ... C'est un mot. Tout s'achète.

Jean hocha la tête et ne répondit pas.

— Tu n'es pas d'accord, compère ?

— Je pense, Sire, que vous avez de vrais et bons amis parmi les princes. Et tout ne s'achète pas.

Je m'étonnai quelque peu de cette réponse de Jean qui se montrait d'ordinaire beaucoup plus cynique.

— Serais-tu encore si naïf ? ricana le roi. Olivier est plus clairvoyant que toi. Il me dit toujours de ne me fier à personne et je crois qu'il a raison.

Jean ne répondit pas. Je me doutai que cette attitude visait à ne pas blesser le roi dans son amitié pour le Comte de Meulan mais je m'étais déjà rendu compte que mon époux n'appréciait guère l'ancien barbier du roi. Ce qui d'ailleurs ne manquait pas de me réjouir. Le roi continua :

— Saint Michel... N'est-ce pas un bon choix ?

— Un très bon choix, Sire. N'est-ce pas son image qui flotte sur les oriflammes royales depuis le règne de votre grand-père Charles le Sixième ?

— Je vais t'avouer, Jean, que j'ai pensé aussi à Jehanne la Pucelle. Sais-tu que j'ai fait sa connaissance ici, à Amboise, alors que je n'avais que six ans ? Elle est passée là peu de temps avant de se rendre à Orléans. Je me souviens qu'elle m'a dit : " quand vous serez roi, ne manquez pas de demander aide et protection à Saint Michel ".

Il garda un moment de silence avant de secouer la tête et dire :

— Je t'ai apporté le dessin que mon orfèvre a fait pour la

médaille et tu vas me dire ce que tu en penses.

Il déplia un rouleau qu'il avait dans la main et Jean le prit pour l'observer :

— Douze coquilles d'or et Saint Michel sur un roc. Bien. C'est plus simple que le collier de la Toison. De bon goût, il me semble, Sire.

— Et vous, mes Dames, vous qui avez tant de goût pour la simplicité, dites-moi ce que vous pensez de mon collier.

Jean me passa le rouleau sur lequel était tracé le projet du bijou et Marie, qui avait repris Odyle dans ses bras, se leva pour regarder au-dessus de mon épaule. Ce fut elle qui prit la parole :

— C'est bien beau, Sire, mais je crains que ce ne soit très lourd à porter !

— Très bien vu, Dame Marie ! Il sera lourd, et j'ai bien l'intention d'exiger des chevaliers que ce collier soit toujours à leur cou. Ils devront toujours se souvenir du serment prêté devant Dieu, serment qui engagera leur salut éternel. Mon frère Charles se tiendra ainsi tranquille, murmura-t-il.

Il reprit le rouleau, attacha le ruban qui le maintenait puis s'adressant à Marie il lui dit :

— Et quelle couleur me conseillez-vous pour le costume des chevaliers ?

— Blanc, Sire, répondit Marie sans hésiter un seul instant. Blanc, la couleur de la pureté, la couleur des vrais chevaliers.

Le roi se mit à rire :

— La reine a raison, ma foi ! Vous êtes à la fois pleine de passion et de sagesse ! Merci beaucoup de vos conseils, mes dames. Je veux tout organiser pour l'été et je veux donner à cette première réunion des Chevaliers de l'Ordre de Saint Michel un éclat tout particulier, j'organiserai des fêtes comme il y en a peu à ma Cour. Et vous serez, mes Dames, parmi les joyaux de cette fête.

Les compliments n'étaient pas usuels dans la bouche de notre roi et j'en fus particulièrement ravie et touchée.

Le roi eut ensuite son petit rire aigrelet avant d'ajouter :

— Mon séjour chez mon cher cousin Charles m'a décidément appris bien des choses, je reconnais l'importance du paraître… Il faut savoir dépenser et donner des fêtes fastueuses pour …

Il ne finit pas sa phrase mais hocha la tête avant d'ajouter à voix basse :

— Ridicule, vraiment ridicule.

Il se leva alors, et les chiens se dressèrent, secouant la tête et leur collier en or.

— N'oublie pas, Jean, la chasse de demain. Nous allons voir comment ils se comportent, ces deux-là. Ce sera leur première chasse. Le Comte de Surcy m'a affirmé que je ne serai pas déçu, et il sera également de la chasse.

Jean repartit en Auvergne une semaine après cette visite du roi. Il faisait très froid et je lui fis maintes recommandations au moment du départ : je craignais tant une mauvaise chute de son cheval sur les chemins verglacés ! Il me rétorqua d'un ton agacé :

— Je sais comment conduire mon cheval, Je n'ai pas besoin de tes conseils !

Il dut voir des larmes dans mes yeux alors que je murmurai :

— Je t'aime tant…

Il m'embrassa et me garda dans ses bras :

— Pardonne-moi, je suis un rustre. Moi aussi, je t'aime. Tu es ce que j'ai de plus cher au monde.

Il essuya mes yeux.

— Je ferai très attention, ne t'inquiète pas. Pour toi et pour notre fils.

Marie avait passé un an à Amboise, près de moi.

Peu de temps après le bal, elle me fit part de son désir de repartir à la ferme.

— Ce sera dur de se remettre aux travaux difficiles alors

que j'ai passé un an à ne rien faire, à vivre dans le luxe. Mais j'ai l'impression que ma vie est vide ici. Bien sûr, tu es là, et il y a Odyle. Mais j'ai besoin de la terre. J'ai besoin des semailles, des moissons, des vendanges… de père, des frères… de Louise et des autres. Je ne sais comment l'expliquer. Je sais que je regretterai ensuite de t'avoir quittée. Je ne sais pas…

“Je ne sais pas” était depuis quelque temps le terme favori de Marie. Cela ne lui ressemblait guère et il fallait que la nostalgie de la terre fût forte pour que le front de ma sœur devînt ainsi soucieux.

— Pars. Je ne veux pas que tu perdes ta gaieté, que notre vie oisive éteigne l'étincelle de ton regard. C'est vrai que notre vie se résume à peu de chose : broderies, lectures, prières… Il y a les enfants, heureusement.

La reine, mise au courant du projet de Marie, lui dit :

— Nous vous regretterons beaucoup, Dame Marie. Plus que vous ne pouvez le croire. Mais vous avez raison, il faut aller là où vous êtes appelée.

Je jugeai inutile et dangereux de réitérer un voyage en solitaire et nous décidâmes de profiter, pour le trajet, d'un prochain séjour de Jean qui faisait de fréquents va et vient entre l'Auvergne et Amboise. Il accompagnerait Marie dans son long périple. Il m'avait promis sa venue en avril et nous étions en mars.

Lorsque le temps était suffisamment clément, nous partions galoper en forêt et la reine se joignait parfois à nous. J'avais pris beaucoup d'aisance sur ma monture, pas autant cependant que Marie qui menait sa jument avec sa fougue habituelle.

C'est au cours d'une de ces promenades que nous rencontrâmes le comte de Surcy. Il nous salua courtoisement et profita de l'éloignement de Marie, partie dans un galop effréné, pour me demander de le recevoir dans l'après-midi. Sans attendre le retour de ma sœur, il s'éloigna ensuite au trot de son étalon noir, et me laissa vaguement inquiète et mal à l'aise.

— Crois-tu, dis-je à ma sœur, qu'il a des nouvelles de Jean et veut me ménager ?

— Mais non. Nous l'avons rencontré par hasard.

— Par hasard ? Je n'en suis pas si sûr ! Nous nous promenons toujours à cette heure-là quand le temps le permet.

Je pris le parti de ne plus parler de cette rencontre mais attendis le moment du rendez-vous avec quelque anxiété. Je signalai sa venue à la tour de garde du pont-levis.

Le Comte arriva en début d'après-midi. J'admirai son visage franc, sa mise simple et sa prestance naturelle. Cet homme attirait vraiment l'estime.

— Dame Typhaine, veuillez excuser la liberté que je prends de vous demander de me recevoir.

— Asseyez-vous, comte.

Je lui indiquai un siège en face du mien.

— J'espère que vous ne m'apportez aucune mauvaise nouvelle de mon époux.

— Non, dame Typhaine, se hâta-t-il de répondre, et je suis désolé si j'ai pu vous inquiéter.

Je sentis un immense soulagement et m'enquis :

— Y a-t-il quelque chose que je puisse faire pour vous ?

— Et bien, Dame Typhaine... Je m'adresse à vous ... mais je devrais m'adresser à votre sœur. J'aurais voulu savoir si vous croyez qu'elle accepterait de m'épouser.

La surprise me laissa un moment sans voix. Jamais Marie ne m'avait parlé du comte et il me semblait qu'elle l'avait oublié comme je l'avais fait.

— Votre demande m'étonne vraiment, Comte. Ma sœur se prépare à repartir dans notre ferme. Elle ne s'habitue pas à la vie à la cour. Elle veut être rentrée avant les moissons.

Le comte resta un moment silencieux. Puis il me dit :

— Permettez-moi d'insister, Dame Typhaine. Pouvez-vous m'accorder l'autorisation de la rencontrer et de lui parler ?

— Bien sûr, comte. Veuillez m'attendre ici, je vais aller la chercher. Sa chambre est à côté.

Tandis que je quittai mon appartement pour aller chercher Marie, je m'étonnai de mon manque de discernement. Je venais brusquement de comprendre la cause de la nouvelle attitude de ma sœur et je crois bien que mon sourire était heureux quand je dis à Marie, que je trouvai occupée à contempler le parc par la fenêtre de sa chambre :

— Marie, peux-tu venir me garder Odyle un moment ? Françoise n'est pas là et...

Elle me suivit et lorsque nous arrivâmes chez moi, je dis :

— Comte, je vous laisse avec ma sœur qui n'est au courant de rien.

Je m'éclipsai rapidement.

Lorsque je revins dans ma chambre, une demi-heure plus tard environ, Marie se précipita vers moi et m'embrassa.

— Typhaine, je viens d'accepter d'épouser le comte. Il m'a promis que nous allions vivre comme des paysans ! Je crois que j'accepterai même de faire de la broderie pour lui.

Elle avait des lumières dans les yeux.

— Chère Marie, riposta le comte, je ne vous demanderai pas de broder, mais bien plutôt de m'aider dans l'élevage de mes lévriers... Cependant, si vous préférez les cochons et le purin, nous pourrons en introduire au château !

Les heures qui suivirent furent consacrées aux joyeux projets. Le château du comte se trouvait du côté de Florac et il fut décidé que Marie irait à la ferme pour les moissons, les vendanges et chaque fois qu'elle le désirerait. Il fut également décidé que le comte accompagnerait ma sœur à Cussy après la cérémonie des Chevaliers de l'Ordre de Saint-Michel qui devait avoir lieu début août.

— Est-ce très correct ? me risquai-je à dire.

— Nous sommes libres de voyager comme nous le voulons, répliqua Marie. Je rentre à la maison et il se trouve que le comte emprunte le même trajet que moi, descend dans les mêmes auberges. C'est tout.

— Rassurez-vous, dame Typhaine, me dit le comte, j'aime votre sœur et n'admettrai pas que quelqu'un lui manque de respect, moi en tout premier.

— Je crois, ajouta Marie d'un air très sérieux, que ma sœur aurait préféré que je sois raccompagnée par le comte de Meulan. Mais je n'ai aucune chance, ma pauvre sœur, son cœur est déjà pris par la grosse rouge !

Le fait de garder Marie encore quelques mois me mettait la tête en fête. Elle était heureuse avec passion, et son bonheur illuminait chaque instant de nos journées.

Lorsqu'il n'était pas à la chasse avec le roi, le comte se joignait parfois à nous dans nos promenades en forêt. Il était de compagnie fort agréable et j'appréciai sa conversation et son entrain. Il nous apprit que son père était mort l'année précédente, qu'il avait un frère dans la prêtrise et trois sœurs dont une, encore très jeune, vivait avec sa mère dans le château où Marie et lui habiteraient après leur mariage. Son occupation essentielle était l'élevage des chiens lévriers dans son domaine et c'est ainsi qu'il était devenu familier avec le roi qui le consultait assez fréquemment.

Un après-midi de mai, alors que le soleil était déjà bas à l'horizon et que nous revenions de la chapelle, le comte Gilles demanda à être reçu.

— Excusez-moi de venir juste au moment de votre souper, mes Dames.

— Les jours sont assez longs maintenant, Comte, pour que nous puissions le retarder.

— Je tenais à vous informer les premières de cette nouvelle : le roi m'a mandé pour m'annoncer que je ferai partie des trente-six élus qui vont recevoir l'Ordre de Saint-Michel !

— Vous, comte Gilles, vous allez recevoir le collier ?
— En effet, dame Typhaine.
Ma sœur gardait un silence étonnant. Le comte la regarda et lui demanda :
— Vous ne dites rien, Marie. Que vous en semble ?
— Avez-vous dit au roi que nous devions nous marier ? Je sais que cette médaille n'est réservée qu'à ceux qui ne font ou n'ont fait aucune mésalliance.
— Croyez-vous, Marie, que j'aurais accepté une médaille en échange de vous-même ? Avez-vous si peu d'estime de moi ? Le roi est au courant et j'ai d'ailleurs la joie de vous annoncer qu'il approuve grandement mon choix car il vous apprécie beaucoup. Il m'a assuré que cela ne changeait en rien la décision prise.
— Vraiment ? Etes-vous sûr ?
Le comte se mit à rire.
— Voulez-vous savoir ce qu'il m'a dit ?
— Evidemment.
— Il m'a dit : " Nous connaissons tous notre mère, mais sommes-nous sûrs de notre père ? Nous sommes peut-être tous des bâtards, comte de Surcy. Et je ris de tous ces princes prétentieux qui se disent de bonne souche." Et quand je lui ai fait remarquer que ce n'était guère respectueux pour la reine, il m'a répondu : " je ne peux douter de la reine qui est une sainte femme et ne me donnera pas de bâtard, mais vous avez entendu parler de ma grand-mère ?(1) " Et il s'est mis à rire. Je vous avoue que je ne savais trop quoi répondre !
— Vous, Gilles, ne pas savoir répondre ? Je ne vous crois pas. Vous savez vous tirer de toutes les situations et je pense que vous n'êtes jamais gêné.
— Revenons au choix que vous devez faire maintenant, ma chère Marie : acceptez-vous d'épouser un Chevalier ?

(1) Il s'agit d'Isabeau de Bavière, femme de Charles VI.

— Qui sera obligé de toujours porter ce lourd collier d'or ? Cela demande réflexion. Je donnerai ma réponse plus tard, Monsieur le comte.

Elle lui donna sa main et le regarda si tendrement que j'en fus émue.

— Pour vous rassurer, dame Marie, sachez qu'il me suffira de porter l'image de Saint-Michel à une mince chaîne d'or ou à un lacet de soie pendant les jours ordinaires.

J'assistai à l'effervescence qu'entraînait la préparation des fêtes pour la fondation de l'Ordre de Saint-Michel : nettoyage des salles et de la chapelle Saint Florentin, embellissement du parc, rajeunissement des maisons d'Amboise, car les habitants attendaient avec impatience la venue de tous les plus importants seigneurs de France. La reine nous proposa son tailleur pour une nouvelle robe à cette occasion mais nous répondîmes toutes deux que nous allions reporter celle que nous avions pour le bal de décembre, n'ayant jamais eu l'occasion de la remettre.

Le mois de juillet était arrivé avec ses chaleurs et ses journées interminables. Curieusement, c'est le mois où je souffrais le plus de l'éloignement de Cussy : je gardais, profondément ancrée en moi, la souvenance de la senteur des moissons. J'aimais diriger ma monture vers les champs de blé récemment coupé et humer l'odeur du chaume en fermant les yeux.

Jean revint à temps pour les fêtes qui furent fastueuses : il y eut des réceptions pratiquement ininterrompues pendant une semaine. Je fis la connaissance du frère du roi, Charles, duc de Guyenne. Je trouvai que son visage, sans doute plus fin que celui de son aîné, manquait de la force que je trouvais, maintenant que je le connaissais mieux, dans celui de notre roi. De plus je lui trouvais l'air maladif. Toute la noblesse la plus importante du royaume se trouvait là rassemblée : il y avait notre duc, Jean de Bourbon, le comte de Saint-Pol, connétable de France, Antoine de Chabannes que j'avais apprécié lors de mon pèlerinage avec les souverains et beaucoup d'autres grands Seigneurs.

Nous eûmes le privilège de pouvoir assister à l'émouvante cérémonie religieuse qui eut lieu en l'église Saint Florentin. Les trente-six chevaliers étaient revêtus d'un manteau de damas blanc doublé d'hermine et brodé de coquilles d'or. Sur l'épaule, ils portaient une étole de velours cramoisi. Le roi lui-même remit les colliers d'or aux Chevaliers qui firent la promesse solennelle de vivre selon les règles de l'Eglise et de la Chevalerie, et de témoigner toujours et en toutes occasions et en tous lieux une fidélité absolue au Grand Maître, c'est-à-dire au roi lui-même.

Combien n'ont pas respecté leur promesse ! Cependant, ce jour-là, je suis sûre que tous seraient morts pour Dieu et pour le roi et qu'un grand amour les unissait tous.

Les festivités ne se terminèrent pas là et ce fut la première fois que nous assistâmes à un tournoi. En fait, comme nous l'expliqua Jean, il s'agissait de " pas d'armes ", c'est à dire de combats courtois qui, s'inspiraient des récits des Chevaliers de la Table Ronde et du Roi Arthur. Il s'agissait de défendre, en un temps préalablement défini, un passage contre ceux qui relevaient le défi. Ces affrontements amicaux ne présentaient aucun danger. Le Roi disait : " il n'est pas question de blesser tant soit peu un seul des meilleurs chevaliers de mon royaume ".

Cette phrase était habile car, parmi ces nouveaux chevaliers, certains n'étaient pas capables de combattre fort longtemps et une blessure d'orgueil est difficile à soigner. Le Roi l'avait compris, lui qui savait être si courtois et si flatteur lorsque la nécessité l'imposait.

Le comte de Surcy participa à ces pas d'armes : son agilité et son courage lui permirent de sortir vainqueur de six combats. Il fut largement acclamé. Il offrit sa première victoire à la reine, la seconde à moi-même et les suivantes à Marie, annonçant ainsi publiquement ses fiançailles. Puis il perdit contre notre Duc et contre quelques autres chevaliers dont j'ignorais le nom et qui étaient plus âgés que lui.

Au festin qui suivit le pas d'armes, le roi s'approcha de nous et lui dit :

— Comte, je crois que je peux dire ici que vous méritez vraiment ce collier que vous venez de recevoir. Non seulement vous êtes vaillant, mais vous êtes habile homme. Je n'ai pas été dupe pour la victoire de mon beau-frère, par exemple. Et je vous en sais gré.

— Vous n'aurez pas, Sire, de plus fidèle serviteur que moi, lui répondit le comte Gilles.

Je me souviens également de Madame de Brignolles et de sa fille Yolande, toutes deux présentes au Pas d'armes et au festin. La mine courroucée de la vicomtesse montrait assez bien la rancœur qu'elle gardait au comte Gilles de ne pas avoir offert sa victoire et son cœur à la jeune fille et la colère lui inspira des paroles malencontreuses qui parvinrent aux oreilles du nouveau Chevalier :

— Si maintenant les Seigneurs de notre pays se mettent à fréquenter publiquement des filles de rien …

Elle montrait Marie à son interlocutrice, une dame âgée qui semblait ne pas comprendre de quoi il s'agissait. Le comte Gilles s'approcha du groupe, salua les dames et dit :

— Je pense, vicomtesse, que j'ai quelques problèmes d'oreille. Il me semble avoir entendu des propos malveillants envers ma fiancée. Je vous demande donc de bien vouloir saluer dame Marie, que je compte épouser très bientôt.

Il fit un signe à Marie qui s'approcha et fit un petit salut aux dames. La vicomtesse, dont le visage avait tourné à l'écarlate, s'inclina légèrement tandis que la dame qui était avec elle s'exclamait d'un air ravi :

— Dame Marie, je suis heureuse d'apprendre que vous

allez sortir le Chevalier de son célibat. Nous ne le voyons que peu à la Cour, mais l'apprécions fort pour son courage et sa droiture.
— Merci, ma dame. Je l'apprécie pour ces mêmes qualités et je pense en avoir beaucoup d'autres à découvrir.

La ville d'Amboise s'était parée pour l'événement. Des journées de chasse, des repas, des spectacles de jonglerie furent organisés. Jean ne participa à aucune de ces réjouissances. Je fis de même, mais me rendis cependant à un spectacle, entraînée par Marie. Je remarquai alors que le Comte de Meulan, voulant se mêler à la Noblesse, essuyait le dédain le plus impitoyable. La grosse rouge avait disparu de son entourage. Malgré l'antipathie que j'éprouvais pour lui, j'étais ulcérée du comportement de ces seigneurs qui se targuaient d'un titre dont notre Roi lui-même faisait, en son for intérieur, si peu de cas.

12

1469

Marie et le comte Gilles de Surcy partirent à la mi-août et je pleurai le soir dans mon lit. Ma vie était vide. Pourtant, mes journées semblaient bien remplies : le matin, je me rendais toujours à la messe, puis je rentrais chez moi et m'occupais de mon fils. Après notre repas, je rejoignais les appartements de la reine, nous lisions, brodions (la reine m'avait initiée à l'art de la broderie), ou sortions dans le parc. Je repassais par la chapelle pour les vêpres avant de revenir dans mes appartements.

Bien sûr, le rythme de ma vie changeait dès que Jean était là, mes journées étaient alors plus rayonnantes. Mais il n'était avec moi que par intermittence. Il allait et venait entre Plessis, Amboise, l'Auvergne et autres voyages où il accompagnait le roi. Il ne voyait pas grandir son fils. Il semblait toujours amoureux de moi mais n'avait pas, de ma présence, le même besoin que moi de la sienne. Je savais bien que ma dépendance venait de mon oisiveté. Je considérais la broderie comme un passe-temps vain et ne pouvais réellement me passionner pour elle. Je me rappelle les éclairs de joie de la reine quand elle pouvait apprendre un nouveau point, créer un nouveau motif, cela suffisait à illuminer sa journée. Pour moi je gardais ma préférence pour ma quenouille et les moments les plus doux étaient ceux pendant lesquels je filais en murmurant des mots d'amour à mon Odyle, maladroit dans ses premiers pas.

Il me fallait modifier la morne monotonie de ma vie et je priai Dieu de me donner une réponse. Il me donna un nouvel enfant.

Ce serait pour le printemps. Je décidai alors de l'avoir à Plessis, comme j'avais eu Odyle. Je voulais retrouver la tendre sollicitude de Suzon. J'en parlai à Françoise qui fut très heureuse de ma décision.

— Je suis comme vous, dame Typhaine, je serais contente de rentrer.

La nourrice d'Odyle ne partagea pas notre excitation et j'envoyai alors un courrier à Suzon pour lui faire part de la prochaine naissance, de mon désir de revenir et de la nécessité de trouver une nourrice.

J'avais voulu partir avant les froidures de l'hiver et c'est au début du mois de novembre que les chevaux, menés bon train, nous conduisirent à Plessis. Quelle joie de retrouver cette maison qui était mienne ! Françoise rejoignit la cuisine avec enthousiasme, laissant Suzon et une nourrice au lait abondant prendre sa place près d'Odyle. Je passai de pièce en pièce, recherchant, dans l'odeur de chaque chambre, les émotions de la jeune mariée qui était arrivée là il y avait plus de deux ans.

Suzon déversa ses sages conseils, tant à Françoise qu'à moi-même. Elle m'avertit de la présence d'une femme qui avait le mauvais œil et pouvait rendre l'enfant à naître difforme. Elle nous demanda instamment d'éviter, au marché, de passer dans le quartier des pelletiers. Je suivis ses directives avec attention.

Peu après notre retour, je pris la décision de remercier Françoise pour le dévouement avec lequel elle m'avait servie si longtemps.

— Françoise, faites venir votre fils quelque temps ici. Nos enfants joueront ensemble.

Sa joie me remplit de confusion et de honte. Moi qui n'acceptais pas d'être séparée un seul jour de mon fils, j'avais innocemment éloigné Françoise du sien sans même m'en inquiéter. Elle n'était allée le voir qu'une fois pendant que nous étions à Amboise. Je me souviens avoir parlé de mon égoïsme à mon confesseur, mais je me demandai si celui-ci avait saisi ce qu'était un enfant pour une mère. Il m'avait donné une absolution trop prompte.

Yves était un beau garçon de sept ans. Il avait des yeux noirs et vifs, les yeux de son père, m'avoua Françoise un jour de confidences.

Je m'amusai à entreprendre de lui apprendre à lire et fus stupéfaite de la rapidité avec laquelle cet enfant comprenait et enregistrait tout. Je proposai à Françoise de le garder plus longtemps que prévu pour finir son apprentissage. Je sentais que depuis longtemps je n'avais pas été utile de cette manière et étais heureuse de cette expérience. De plus, Yves était charmant, sa conversation enjouée et sa compagnie très appréciée d'Odyle qui devenait, lui, quelque peu capricieux. Il apprit également à compter et se plaisait à me poser de nombreuses questions. Je me dis que Dieu me donnait une sérieuse leçon d'humilité en me montrant qu'il ne punissait pas la faute de la mère à travers son enfant.

À un retour d'Auvergne, mon époux m'annonça que le mariage de ma sœur avait été fixé pour le printemps suivant et il m'apportait une lettre d'elle, délirante de bonheur. La ferme se peuplait, Matthieu allait avoir un autre enfant, Juste se réjouissait de se savoir bientôt père à son tour.

Jean me remit également une médaille qui avait été bénie par le très Saint Père et que Mère Blanche de la Tour d'Auvergne lui avait confiée pour moi. Je décidai de toujours la porter.

Après un mois en continu près de nous durant les mois d'hiver, il repartit.

A la fin de février, Yves lisait déjà couramment et je ne sais qui était le plus fier, de lui, de Françoise ou de moi. Mon fils Claude naquit en mars. Jean, revenu pour l'occasion, m'annonça qu'il avait été nommé procureur du roi à Cussy.

— Nous allons nous installer à Cussy, m'annonça-t-il. J'aurai encore beaucoup à voyager, mais au moins tu seras près de ta famille.

Ma joie fut si grande que je me mis à pleurer.

— Attends, me dit-il. Ne te réjouis pas trop vite : le roi te fait demander si tu veux bien accepter de rester près de sa femme jusqu'à la naissance de l'enfant qu'elle attend pour l'été.

J'ignorais l'évènement et je fis la moue.

— Il va falloir encore attendre bien longtemps.

— De toute manière, rétorqua Jean, tu ne pensais pas entreprendre un si long voyage avec le petit Claude maintenant ? Quand il aura cinq ou six mois, ce sera mieux.

— Crois-tu … crois-tu que je peux demander à Françoise de venir avec moi à Cussy ?

Il s'étonna de ma question :

— Bien sûr ! La ferme est très grande, maintenant. Tu peux demander à qui tu veux de venir.

— À Yves aussi ?

— Excellente idée. Tu vas faire des heureux !

Pendant les journées qui suivirent, je m'imaginais à Cussy et pensais à toute la famille que j'allais enfin revoir et mon excitation fut responsable de nuits au cours desquelles j'eus bien du mal à trouver le sommeil.

Lorsque je proposai à Françoise de nous suivre en Auvergne avec son fils, elle resta d'abord sans voix. Puis elle balbutia :

— Avec Yves ? Je pourrais le garder ?

— Oui, vous le garderez auprès de vous. Et il pourra même aller au Couvent pour compléter son instruction.

J'aurais aimé que Suzon et Julien me suivent également mais Suzon me dit :

— Nous sommes trop vieux maintenant pour changer de

vie. Je ne pourrais m'habituer à une autre ville, à d'autres habitudes. Laissez-nous ici, dame Typhaine, toujours prêts à vous accueillir quand vous venez. Nous nous occuperons bien de la maison. La nourrice acceptera sans doute de partir avec vous .

Ce qu'elle fit en effet et il fut décidé qu'elle resterait à Cussy jusqu'au sevrage d'Odyle.

En mai, nous partîmes tous à Amboise : Françoise et Yves, la nourrice, moi et mes enfants. Je retrouvai la reine avec joie. Elle était déjà bien grosse et me dit qu'elle pensait avoir l'enfant en juillet prochain.

— Chère Typhaine, me dit-elle, comme je suis heureuse que vous veniez à Amboise. Je vous prive de votre cher Plessis.

— Oh non, Majesté. Je suis heureuse près de vous et je me suis remise du départ de Marie. De plus, l'idée de repartir à Cussy ...

Elle ignorait le projet et je lui annonçai donc que, le roi ayant nommé Jean procureur de la ville, j'allai vivre là-bas.

— Nous ne nous verrons plus beaucoup, remarqua-t-elle. Je garde peu mes amies. Vous êtes de celles que je regretterai le plus, décidément.

Je repris mes après-midi près de la reine. De longues conversations remplaçaient le plus souvent nos lectures. Nous avions bien des choses à nous dire et bien des réflexions à partager.

Claude était un bel enfant aux cheveux plus foncés que son frère. Il faisait preuve d'une grande sagesse et pleurait assez rarement. J'avais du lait en abondance et parvenais à le nourrir sans souci.

Les petites princesses grandissaient. Nées toutes les deux au mois d'avril, Anne avait fêté ses huit ans, et Jeanne ses six ans. Tous les après-midi, elles rendaient visite à leur mère et restaient quelque temps avec nous. Quand il faisait beau, nous sortions dans le jardin.

Ce jour-là, il faisait froid et il pleuvait. Nous étions donc restées dans la salle contiguë à la chambre de la reine. Jeanne apprenait avec application un point de broderie et Anne tournait les pages d'un livre avec le morne sérieux que je lui ai toujours connu. Je revenais depuis peu de mes appartements où j'étais allée pour nourrir Claude et avais repris une broderie que je réservais à l'autel de Notre-Dame de Cussy, pour mon retour.

Le roi entra. Je me levai et saluai.

— Asseyez-vous, Dame Typhaine, me dit-il, et continuez vos travaux.

Anne posa calmement son livre, se leva et salua le roi en disant : "je vous salue, mon père". Il lui sourit et aperçut alors la petite Jeanne qui avait laissé tomber son ouvrage et se cachait derrière sa mère, restée assise. Son visage se figea.

— Viens ici, Jeanne, lui dit-il.

L'enfant approcha lentement, la tête baissée. Le roi la regarda.

— Lève les yeux !

Elle leva les yeux. Le roi la regarda un moment et dit à la reine :

— Cette enfant est de plus en plus laide. Comment est-ce possible ?

— Sire, tenta de répliquer la reine, Sire, ne parlez pas devant l'enfant !

— Et pourquoi ? Il faudra bien qu'elle sache qu'elle est laide et que je ne sais à qui je vais la marier.

— Sire, je vous en prie…

— Madame, je vous saurais gré de ne pas me répliquer et de garder votre place comme vous l'avez toujours fait jusque-là.

La reine reprit sa broderie en gardant les yeux baissés.

— Faites en sorte que cette petite reçoive du moins une

instruction correcte.

Jeanne était revenue près de sa mère et cachait son visage dans les plis de sa robe.

— Anne, continua le roi, avancez un peu à votre tour.

La petite fille avança, le regard fixé sur son père. Elle ne semblait aucunement impressionnée par le roi et gardait l'expression sévère qui lui était habituelle. Rarement un sourire éclairait ce visage froid qui me paraissait énigmatique.

— Quant à vous, dit le roi en posant sa main sur ses cheveux, nous vous marierons aisément. Il faudra simplement bien choisir.

— Sire, répliqua l'enfant, j'ai déjà choisi celui que je veux comme époux.

Le roi se mit à rire.

— Voyez-moi cela ! N'oubliez pas, ma fille, que c'est le roi votre père qui choisira votre époux. Mais dites-moi donc quel est celui que vous avez choisi.

— Il s'agit de mon cousin Louis, duc d'Orléans.

— Tiens, tiens ! Vous auriez pu plus mal choisir, ma fille. Et qu'en dit votre cousin ?

— Il pense que ce serait bien. Il m'a dit qu'il serait content.

— Nous verrons cela, ma fille. Il faut que je réfléchisse. Mais sachez bien que c'est moi qui vous marierai.

Anne le regarda tranquillement, puis fit demi-tour et reprit sa place sur le tabouret près de la fenêtre.

Le roi s'approcha de la reine :

— Comment allez-vous, Madame ? Avez-vous toujours autant de nausées ?

— Oui Sire. Mais je ne m'en plains nullement.

— Espérons que Dieu nous donnera un fils cette fois. Ne vous fatiguez pas. Je vais partir en pèlerinage la semaine prochaine pour prier notre Dame du Puy d'Anjou.

— Dois-je vous accompagner, Sire ?

— Non, Madame. Vous resterez ici, d'autant que je ne

reviendrai pas de suite après le pèlerinage.

La reine approuva de la tête.

— J'espère que tout se passera bien pendant mon absence. Je serai revenu bien avant que vous ne soyez en couches. Je vous laisse dame Typhaine qui voudra bien continuer à vous tenir compagnie, n'est-ce pas ?

Comment oublier cette scène et les pleurs de la reine après le départ des petites princesses ? Je m'appliquai à lui manifester mon amitié pour mettre du baume sur ses blessures. Je lui parlai de la beauté qui pouvait être un piège et lui racontai l'histoire de la sorcière, brûlée en place publique, qui, m'avait dit Suzon, avait mis sa beauté au service du diable pour détourner les hommes de leurs femmes. Heureusement, les hommes avaient su réagir et reconnaître les manœuvres diaboliques qu'employait cette servante de Satan envers eux. Ils l'avaient dénoncée et les autorités religieuses avaient pu la juger et la condamner.

— Voyez, Majesté, lui dis-je, combien votre petite Jeanne est bonne et douce. Elle est près de Dieu.

— Dieu vous aime, Typhaine, pour vous donner ainsi de beaux enfants… des fils, en plus. Je crois que Dieu veut me punir en m'en refusant un.

— Vous punir, Majesté ? de quoi ?

— Je ne le sais pas vraiment. Il me faut prier davantage, demander miséricorde pour mes enfants et pardon pour mes péchés.

L'été s'installa et le ciel s'enrichit d'étoiles filantes, ce qui me parut un présage favorable pour l'enfant à venir. J'aimais me promener dans le parc jusqu'à tard le soir, surtout quand la lune l'illuminait de sa clarté blafarde.

Cependant, les champs manquaient d'eau et jaunissaient, alors que nous n'étions qu'à la fin du mois de juin. Nous eûmes à prier ardemment Saint Médard pour obtenir de la pluie.

Un après-midi que nous étions, la reine et moi, installées dans le parc avec les princesses, Yves et Odyle, un éclair déchira le ciel. Un épouvantable coup de tonnerre retentit. La reine devint blanche et fut prise d'un tremblement incontrôlable. Je me précipitai pour l'aider à se lever pour entrer en ses appartements tout en criant :

— Rentrez vite, princesses. Yves, occupe-toi d'Odyle.

Tandis que la gouvernante des princesses accourait pour venir les chercher, deux corbeaux s'envolèrent.

— Vite, à l'abri, cria-t-elle. Avez-vous vu les corneilles, dame Typhaine ? me demanda-t-elle à voix basse.

— Oui, elles ont pris peur du tonnerre.

— C'est un présage, Madame. Elles sont passées à gauche du tilleul. Il va arriver un malheur. Rentrez et ne ressortez pas ! Que Dieu nous protège !

Elle se signa et je me signai également.

Il ne plut pas. Seules quelques grosses gouttes tombèrent pendant quelques instants. Le soir même, alors que je venais de me coucher, Françoise entra dans ma chambre.

— Dame Typhaine, on vous demande chez la reine. Le travail a commencé et elle vous réclame.

Je me levai d'un bond.

— Vite, Françoise, aidez-moi, s'il vous plaît à m'habiller et à me coiffer.

— La pauvre reine ! commentait Françoise tout en m'aidant. Pourvu qu'elle ait un garçon ! Sinon, le roi risque d'être furieux contre elle.

— Il a fait le vœu d'offrir un Enfant Jésus en argent à Notre-Dame du Puy, en Anjou, s'il avait un fils, confiai-je à Françoise.

— Peut-être allez-vous assister à la naissance d'un roi me dit Françoise, une pointe d'admiration dans la voix.

La reine était assise sur cette chaise trouée sur laquelle

elle avait déjà donné naissance à quatre enfants. Deux sages-femmes et plusieurs aides s'activaient à ne pas faire grand chose car le travail se poursuivait. Le roi, présent à Amboise depuis une quinzaine de jours, était dans un coin de la pièce et marchait nerveusement. Je sais que la reine l'aurait préféré dehors car il avait horreur des gémissements. Je m'approchai de la reine. Elle était dans un moment de répit.

— Merci d'être venue, Typhaine, me dit-elle.

Une crispation des traits me renseigna sur le travail qui s'effectuait. Je me hasardai à saisir la main de la reine, ce que je n'avais jamais osé faire. Ce n'était plus la reine, c'était une femme qui souffrait. Elle retint visiblement un cri et ses ongles pénétrèrent ma paume. De la sueur perlait sur son front. Ses lèvres étaient blanches.

La douleur passa.

— Merci, répéta-t-elle.

Puis tout bas elle murmura :

— Priez que ce soit un garçon.

Je lui souris, des larmes dans les yeux. Son anxiété doublait la douleur physique. Une nouvelle contraction, violente, suivit ses paroles. Une sage-femme lui dit :

— Allez, Majesté, du courage, c'est bientôt la fin.

La sage-femme s'était accroupie sous la chaise percée. Elle releva la robe de la reine, découvrant les genoux. La reine poussa un long gémissement tandis que la sage-femme criait :

— Voilà, ça y est, un dernier effort, poussez, poussez donc, poussez fort.

Le visage était devenue tout rouge. Un cri victorieux :

— Le voilà !

On entendit un vagissement et la reine se détendit. Les yeux fermés, elle priait. Je voyais ses lèvres en mouvement. Je regardai le roi qui surveillait les gestes de la sage-femme. Celle-ci, accroupie sous le siège, devait effectuer le coupage du cordon. Je ne voyais rien et tenais encore la main de la reine … La sage-femme se releva enfin, l'enfant dans les deux mains.

— Un garçon, Sire, c'est un garçon !

Je vis la reine sourire, les yeux toujours clos. Le roi se précipita vers l'enfant et l'examina avec soin.

— Bien, dit-il enfin, bien.

— C'est un bel enfant, Seigneur, continua la sage-femme. Il est bien formé et nous allons en prendre bien soin.

— Prenez-en le plus grand soin, dame Julie. Que la nourrice reste au château, qu'elle soit bien nourrie et qu'on ne la contrarie pas. Nous pouvons maintenant remercier Dieu et la Vierge… Madame, dit-il en s'approchant de la reine, vous avez bien travaillé.

La reine avait rabattu sa robe sur ses jambes et le roi lui baisa la main.

— Je vais dès aujourd'hui brûler des cierges de remerciements. Et quand vous serez remise, nous irons ensemble à Notre Dame du Puy. Et demain nous ferons baptiser Charles.

C'est la première fois qu'il prononçait le nom de l'enfant et il me sembla noter comme une hésitation sur le nom, celui qui avait été celui de son père qu'il avait, dit-on, si peu aimé.

La matrone avait confié l'enfant à d'autres femmes présentes qui entreprenaient la toilette du nouveau-né tandis qu'elle-même donnait les derniers soins à la reine. Je m'approchai du petit Charles, notre futur roi si Dieu lui prêtait vie assez longtemps. Je le trouvai laid, rouge, grimaçant et maigrichon. Avec un orgueil que je confesse volontiers, je comparai alors ce futur roi avec mes propres fils à leur naissance.

La reine m'appela. Je me hâtai près d'elle.

— Comment est-il, Typhaine ?

— Très beau, Madame. Le roi peut être fier.

Elle me sourit et le bonheur donnait de la beauté à ce visage banal.

— Qu'on me l'apporte avant de l'emmailloter, me demanda-t-elle.

J'allai près des femmes qui faisaient la toilette du nouveau-né et leur transmis le désir de la reine. Elles avaient lavé l'enfant et le frottaient maintenant avec du miel mêlé de sel pour le sécher. L'une des dames l'apporta à la reine. Elle le prit dans ses bras, lui sourit et murmura :

— Mon bel enfant, mon petit Charles... Puisses-tu vivre plus longtemps que mon petit Joachim[1].

Elle posa un baiser délicat sur le front du bébé et demanda, inquiète :

— Il est bien maigre, n'est-ce pas ?

— Ne vous inquiétez pas, Majesté, nous nous chargerons de le fortifier. Nous l'avons déjà frotté avec du sel et cela va lui faire du bien. Maintenant, nous allons l'emmailloter. Venez, petit prince, dit-elle en le reprenant avec une fermeté qui révélait l'expérience et la compétence.

Deux femmes s'approchèrent de la reine.

— Maintenant, Majesté, il est temps pour vous de regagner votre lit et prendre le repos dont vous avez bien besoin.

— Au revoir, Typhaine, me dit la reine. C'est très gentil à vous d'être venue en pleine nuit. J'ai apprécié votre présence.

— Je suis très heureuse et très fière d'avoir pu assister à la naissance de votre enfant, Majesté.

Le lendemain de la naissance du dauphin, nous apprîmes qu'un incendie provoqué par la foudre avait détruit deux fermes de la région et qu'une personne avait péri. Nos prières vers St Médard et St Nicolas qui, lui, protège des incendies se firent plus ardentes.

Elles furent exaucées une quinzaine de jours plus tard. Il tomba alors des trombes d'eau pendant plusieurs jours et les prairies reverdirent.

---

(1) Joachim est né en 1459 et mort en 1461.

13

Août 1470 - octobre 1473

Quand je relis ce que j'ai déjà écrit, je suis stupéfaite de n'en être qu'en l'an de grâce 1470. Y a-t-il des années plus longues que d'autres ou des années qui marquent une vie plus profondément ? Serait-ce tout simplement que de vivre dans le sillage des rois donne une autre dimension à sa propre vie ? Est-ce que je considère que ma vie n'a eu d'importance que dans le fait qu'elle a doublé celle des monarques ? Je crains que ce ne soit le cas. Ma personnalité est trop obscure et trop insignifiante pour avoir quelque intérêt, même pour toi, ma Typhaine, toi qui t'intéresses à la vie de ta grand-mère.

Je vais essayer de mettre de l'ordre dans mes souvenirs et j'espère ne pas trop mêler dates et événements dans les six années qui suivirent.

Je rentrai à Cussy un mois après la naissance du dauphin. Pierre conduisait les quatre chevaux de notre attelage et Jean suivit sur son étalon tout le long du trajet. Je passe sur les détails du voyage qui fut long et fatigant dans une chaleur qui engourdissait tout être et toute chose. Je ne veux que rapporter la joie que j'eus de revoir mon Cussy. Je me rappelle encore mon émotion quand j'ai découvert, de la colline, les clochers de nos églises. Un picotement intense a envahi ma gorge et j'ai serré bien fort Odyle dans mes bras. Je ne pouvais pas voir notre ferme, dissimulée à mes yeux par un épais bosquet. C'est là que j'allais habiter. Jean avait pensé, un moment, nous faire habiter dans la grande maison familiale des Doyat mais je lui avais fait valoir que, s'il s'absentait souvent, je me trouverais mieux dans la ferme. J'avais été étonnée de la facilité avec laquelle j'obtins ce que je désirais. Je me souviens de l'avoir entendu dire :

— Après tout, je serai plus tranquille.

Je savais qu'il ne voyait pas d'un bon œil ma présence au centre du village : les La Borderie, qui étaient de farouches partisans du Duc, ne manqueraient pas de remarquer ma présence et celle des enfants. Jean préférait visiblement nous mettre à l'abri d'une de leurs méchancetés. Il serait ainsi bien plus facile de garder secret notre mariage. Bien évidemment le Duc, au moment des fêtes de l'Ordre de Saint Michel, ne m'avait même pas regardée.

La ferme avait été rénovée par Jean avec l'assentiment bienveillant de l'abbesse. Deux longs nouveaux bâtiments de deux niveaux et aux larges ouvertures s'ouvraient sur la cour qu'ils avaient contribué à fermer entièrement et à laquelle on accédait maintenant par un porche. Nos anciens logements avaient été remis à neuf et eux-mêmes agrandis. Au centre de la cour, je reconnus notre puits qui, lui, n'avait pas changé.

Mon père sortait de l'écurie. Il avait vieilli pendant ces trois années et de nombreux cheveux blancs avaient envahi sa chevelure, mais il gardait son maintien fier. Il m'embrassa avec émotion et leva Odyle dans ses bras. Louise nous entendit et accourut de la cuisine. Très vite, tout le monde fut rassemblé pour des embrassades bruyantes dans lesquelles ne furent pas oubliés Françoise, la nourrice et le jeune Yves, quelque peu étourdi par le nombre de personnes qui se pressaient autour de lui. Comment te décrire autrement la joie de ces retrouvailles ? Matthieu et Jeannette étaient toujours pleins d'entrain, mon petit-neveu babillait avec vivacité et était surtout intéressé par Odyle et Claude. Juste, devenu plus trapu, me présenta sa femme, effacée et timide. Joseph avait pris l'assurance d'un homme tout en gardant la délicatesse qui le caractérisait. Marie, déjà mariée, n'était plus là, mais était attendue pour les vendanges. Notre chien Noir était mort et Blanc me fit la fête. La moisson était passée et le grain engrangé. Les journées étaient heureusement si longues que nous eûmes largement le temps de nous installer, de nous restaurer et de discuter avant de nous coucher. Cette nuit-là, je retrouvai mes grillons, mes parfums, mes étoiles, mon enfance.

J'allai au Couvent deux jours après notre arrivée. En franchissant à pied la porte de la Mère, en frappant à la lourde porte, en redécouvrant les yeux de sœur Antoinette dans l'ouverture de la petite lucarne, j'aurais pu croire que ces trois années écoulées n'avaient été qu'un rêve. Mère Blanche de la Tour d'Auvergne, toujours grande et droite, m'accueillit avec une joie qui me toucha. Je revis toutes les religieuses. Seule manquait Sœur Louise, morte l'année précédente.

La vie reprit pour moi, nouvelle et cependant familière. La "princesse", comme m'appelait mon père en plaisantant, retrouvait avec plaisir les gestes de la fermière. Je fus rapide à m'intégrer dans un rythme qui avait peu changé, mise à part une répartition des travaux féminins allégée. Les mêmes cloches du Couvent guidaient et accompagnaient nos journées. Marie et son époux vinrent pour les vendanges. Une fois le raisin encuvé et acheminé au pressoir du Couvent, un grand repas fêta nos retrouvailles. Plus tard, à la St Michel, je retrouvai avec joie l'agitation et la vie de ma ville.

Je te passe ces jours de calme bonheur au cours desquels naquirent Guillaume, suivi de très près de Catherine, ta mère, puis de mon fils Pierre. Les enfants grandissaient comme de vrais petits paysans. Les naissances se succédaient à la ferme : Jeannette mit au monde deux autres fils et une fille, Juste eut trois filles et Louise, contre toute attente, une petite fille aux cheveux et aux yeux clairs. Joseph se maria avec une jeune paysanne de la paroisse de Molles. Heureusement que la ferme était devenue très spacieuse, ménageant des espaces à chacune des familles.

Je remerciai quotidiennement Dieu de m'avoir écarté du malheur qui ne manqua pas de frapper Juste et sa femme : ils perdirent une fille. Joseph, lui, perdit son premier fils âgé de quelques mois. Marie vivait loin, heureuse près de son époux et de ses lévriers. Elle mit au monde deux filles, puis un garçon.

Ma silhouette s'alourdissait. Les enfants grandissaient. Françoise, restée près de nous, apportait son efficacité et sa compétence dans la vie de la ferme et nul n'aurait dit qu'elle ne faisait pas partie de la famille. Yves et les aînés des enfants allaient étudier avec les chanoines.

Je voyais Jean plus souvent, mais il était très pris par son travail. Je crois pouvoir affirmer que notre roi n'eut pas de meilleur serviteur. Cependant, je savais que la position de mon époux n'était pas enviable. Il luttait contre les privilèges des Grands et ses ennemis se multipliaient. En fait, il n'avait aucune pitié pour ceux qui complotaient contre le roi. Les partisans du Duc de Bourbon le haïssaient, le considérant comme traître à son Seigneur, ainsi que les partisans de la maison d'Armagnac, à Saint Flour. Soutenu par Pierre de Ligonne qui vint plusieurs fois nous rendre visite, Jean prononça de nombreuses condamnations et infligea d'énormes amendes à la plupart des habitants de St Flour auxquels il reprochait d'avoir vendu des vivres aux soldats de l'armée royale à des prix exorbitants, et d'avoir, au contraire, fourni nourriture, harnais, brigandines et arbalètes à bas prix aux gens hostiles au roi.

Cette haine que je savais sans arrêt présente autour de lui ne manquait pas de m'alarmer fortement.

J'apprenais quelques nouvelles de la Cour de notre roi.

En 1471, année de la peste, je sus, que le château d'Amboise resta, plus que jamais, fermé aux étrangers et que le pont-levis ne se levait qu'avec difficulté : le roi craignait trop pour le dauphin et pour la reine, à nouveau en attente d'un enfant.

Je pus imaginer la joie de la reine et du roi à la naissance de leur fils qu'ils nommèrent François. Je portai une partie de leur douleur à la mort de celui-ci à l'âge de trois mois. Il paraît que le roi, fou de chagrin, fit raser une partie de la forêt entourant Plessis dans laquelle il avait l'habitude de chasser.

J'appris, en 1472, la mort du frère du roi, Charles de Valois. Les adversaires de Louis le Onzième glosèrent sur ce décès qui, selon eux, arrangeait fortement le roi. Mais je me souviens combien j'avais trouvé le duc de Guyenne chétif et souffreteux lors des festivités de l'Ordre de Saint-Michel. Sa santé fragile me semble une cause suffisante pour expliquer sa mort. Je ne peux imaginer le roi ayant commandé l'empoisonnement de son frère ! Et Jean disait que toutes ces médisances n'étaient que l'expression de la malveillance et de la jalousie de ses adversaires.

Ici, je voudrais te conter ce jour très spécial d'octobre 1473.

Par une matinée terne et fraîche, je revenais de l'étable où j'avais trait les vaches et je me préparais à nettoyer les choux pour le repas lorsque Juste, qui revenait de la ville, me dit que la Mère Abbesse me faisait mander au plus vite. C'était Louise qui se chargeait des comptes et c'était elle qui se rendait régulièrement au Couvent pour la discussion de la gestion du domaine avec la Mère Abbesse. Mais Juste insista :

— C'est toi que notre Mère désire voir. Elle a quelque chose à te dire ou à te montrer je crois.

Laissant les femmes à la préparation du repas, je partis pour la ville. Un peu anxieuse, je me demandais si par hasard il y avait eu de mauvaises nouvelles de Jean. Mais ce ne pouvait être cela …

Sœur Antoinette ouvrit la lourde porte avec empressement.

— Entre donc, Typhaine, notre Mère veut te voir.

Elle trottina devant moi et me conduisit dans la salle de travail de Mère Blanche de la Tour d'Auvergne. Je remarquai de suite combien celle-ci semblait fatiguée. Assise à son bureau, elle s'efforçait cependant de garder les épaules droites et je fus émue à la pensée que le temps n'épargnait personne.

— Je suis heureuse de te voir, Typhaine. Assieds-toi.

— Pas de mauvaises nouvelles de mon époux, ma Mère ?

Jean était alors à Clermont.

— Non, aucunement. Voilà, je t'ai fait venir car j'avais quelque chose à te montrer.

Elle alla ouvrir le coffre derrière elle et revint avec un livre.

— Regarde, Typhaine, nos sœurs qui travaillent au scriptorium viennent de le terminer. Je pensais que tu serais heureuse de le feuilleter avant que je ne le remette à son destinataire.

Elle posa l'ouvrage sur la table et je le pris avec respect. C'était un livre d'heures comme j'en avais vu à la Cour. Je connaissais celui de la reine et celui de Charlotte. Je tournai les pages avec soin. Comme c'était beau ! Les enluminures étaient délicates. Quelles artistes étaient ces religieuses ! Elles avaient minutieusement entrelacé fleurs et feuillages volubiles. Mon émerveillement grandissait à mesure que je découvrais l'ouvrage.

D'abord venait le calendrier qui correspondait évidemment à l'année liturgique de notre diocèse à Cussy car je voyais inscrites les dates de nos fêtes : Saint Saturnin, Saint Michel…

Puis venaient les Heures de Notre Dame, la partie la plus illustrée du manuscrit. La Mère Abbesse me fit remarquer que certaines miniatures avaient été exécutées par des moines d'un couvent près de Clermont. Je reconnus l'Annonciation et la Visitation, la Nativité, l'Annonce aux bergers, l'Adoration des Mages, la Présentation au Temple, la Fuite en Egypte, le Couronnement de la Vierge. Venaient ensuite des psaumes de pénitence, des litanies adressées aux Saints et l'office des Morts.

— Comme c'est curieux, remarquai-je. Il y a huit psaumes et non sept. Oh, c'est celui-là qui n'était pas dans le livre de la reine.

— En effet. Mais ce n'est pas un psaume. La personne qui nous a commandé ce livre a beaucoup insisté pour mettre ce passage des Cantiques des Cantiques, écrit par le roi Salomon. Il fait partie de la Bible et parle des liens qui unissent Dieu et son peuple dans un langage qui prend ses racines dans l'amour humain. Tu sais, Typhaine, l'amour divin nous dépasse et nous sommes bien obligés parfois d'emprunter des termes à l'amour qui nous est familier !

Je lus avec étonnement : " ...Les contours de tes hanches sont comme des anneaux...ton ventre est un monceau de blé bordé de lis... tes deux seins sont comme deux faons jumeaux d'une gazelle... Que tu es belle, ma bien-aimée, que tu es belle ! " . Mon désarroi ne m'empêcha pas de continuer ma lecture et je songeai que Salomon avait des amours bien terrestres. Je demandai :

— Pour qui est ce livre d'heures ?

— Vois, le nom est écrit tout à fait au début.

Je tournai les pages avec respect puis lus : " Pour Typhaine des Guérets, dame très pieuse et très aimée de son époux. " Mes yeux restèrent fixés sur ces mots. J'étais incapable de relever la tête, ma gorge était douloureuse et les larmes m'aveuglaient.

— Excusez-moi, ma Mère, arrivai-je à balbutier.

— Je crois que cela te fait plaisir, répondit gaiement La Mère et sa voix avait retrouvé la jeunesse. J'en suis très heureuse. Ne noie pas le Livre de tes larmes.

Sa réflexion me fit rire et je reniflai peu élégamment.

— J'ai prévu l'émotion, ajouta-t-elle. Voici de quoi t'essuyer le nez et le visage.

La vie me paraissait si belle en ces instants ! L'amour et la délicatesse de Jean, la bonté et la gaieté de la Mère Abbesse, tout était un don inestimable de Dieu.

Le livre d'heures m'a suivie dans tous mes déplacements. Pas un jour de ma vie ne s'est passé sans lui, même aux heures les plus sombres de la peste.

14

1473 - 1476

J'appris, en novembre 1473, le mariage de la princesse Anne, non pas avec son cousin Louis comme elle l'avait souhaité, mais avec le seigneur de Beaujeu, le frère de notre Duc Jean de Bourbon. Elle n'avait que onze ans et il avait vingt-deux ans de plus qu'elle !

En 1474, nous eûmes la douleur de perdre Mère Blanche de la Tour d'Auvergne dont l'âme retourna vers Dieu après une douloureuse maladie. Les religieuses élirent Anne de Blot du Chouvigny pour la remplacer. J'aimais beaucoup Sœur Anne. Elle était simple et souriante, mais je crois que sa plus grande qualité était de savoir apaiser les ressentiments et calmer les relations tendues.

Ma stupéfaction fut grande lorsque j'appris par Jean que cette élection avait déplu au roi !

— Le roi veut que la nouvelle abbesse soit la sœur d'Erard, celui que nous avons reçu l'an dernier. Tu te souviens ?

C'était un homme qui avait combattu avec courage pour le roi et était en effet passé à la ferme l'année précédente.

Jean eut la lourde charge de prendre rendez-vous avec la Mère abbesse pour lui transmettre les désirs ou plutôt les ordres de Louis le Onzième.

La Mère abbesse Anne de Blot reçut la nouvelle avec

beaucoup de dignité, me raconta Jean. Son autorité bienveillante lui fut nécessaire pour apaiser les esprits, appeler les religieuses à l'obéissance au roi et au respect de la nouvelle abbesse.

— Ma chère Typhaine, me dit-elle le lendemain de la visite de Jean, ne croyez pas que j'en veuille à votre époux. Il ne fait qu'obéir à son maître et que transmettre des ordres. Notre devoir est d'obéir. La nouvelle abbesse ne doit pas souffrir de cet état de choses : sa position est plus délicate que la mienne, car elle n'a pas été choisie par les religieuses. Pour moi, je vais partir au prieuré de la Vauldieu. J'espère que mes sœurs sauront accueillir leur nouvelle abbesse avec humilité, obéissance et bienveillance.

Marguerite de Lespinasse, désignée par le roi et confirmée par le Très Saint Père le pape Sixte IV, vint s'installer à Cussy peu de temps après, et Sœur Anne ne partit qu'une semaine plus tard pour mettre la nouvelle abbesse au courant des usages, des devoirs et des droits de l'abbaye. S'il y eut quelques ressentiments des sœurs vis à vie de Mère Marguerite, je ne le sus jamais. L'accueil que l'on nous faisait au Couvent était toujours le même.

En 1476, Jean m'annonça son projet d'aller à Amboise pour l'anniversaire des six ans du jeune dauphin et le mariage de la princesse Jeanne. Il me proposa de l'accompagner et je repris donc la route du nord, contente à l'idée de retrouver la reine, les princesses et de connaître le dauphin que je n'avais vu que nourrisson. Je laissai mes enfants avec confiance à la garde de Françoise et de ma famille.

La princesse Jeanne venait d'avoir douze ans et allait épouser son cousin, le jeune Louis d'Orléans, Je n'arrivais pas à comprendre pourquoi le roi avait décidé de marier Jeanne à celui que voulait Anne ! Je demandai à Jean s'il en avait une explication.

— Qu'importe que ce soit avec l'une ou avec l'autre ! me répondit-il.

— Mais Anne et le jeune Louis étaient d'accord pour se marier ! Alors ?

Jean leva les épaules et m'affirma :

— Histoires d'enfants ! Le roi n'a pas à s'arrêter à cela.

Cette attitude de Jean m'irritait. Je n'arrivais pas à définir ce qu'il y avait de sincère dans sa réaction.

— Quand je t'ai rencontré la première fois, je n'avais que dix ans !

— Et alors ? Est-ce que nous avons décidé alors de nous marier ?

— Non, évidemment non ! Mais je sais très bien que tu ne m'as pas déplu.

Il se mit à rire.

— Et bien moi, je ne sais ce que j'aurais dit si on m'avait affirmé que j'épouserais cette petite fille qui reniflait sans arrêt et dont le nez coulait !

Nous descendîmes souvent dans les mêmes auberges que celles que nous avions prises lors de notre premier voyage, après notre mariage, mais les journées de ce printemps assez humide étaient plus courtes.

Nous fûmes heureuses, la reine Charlotte et moi, de nous revoir. Elle s'était arrangée pour que je retrouve le même corps de logis qu'à mon départ d'Amboise ! Ma surprise et ma joie furent grandes d'y trouver Marie et son époux, également invités.

— Gilles est actuellement dans les faveurs du roi auquel il donne de nombreux conseils pour ses chiens. L'an dernier, il lui a offert un lévrier blanc et le roi était radieux. Tu sais, me confia-t-elle en baissant la voix, je soupçonne le roi de préférer ses chiens à sa propre famille, mis à part peut-être le dauphin !

Ce premier soir, nous nous retrouvâmes, Marie, Dame Charlotte et moi-même, dans la chambre de ma sœur. Nos époux étaient tous trois chez le roi. Nous parlâmes d'abord de nos enfants respectifs, puis du mariage de la petite princesse Jeanne. Charlotte nous expliqua que c'était elle qui avait dû annoncer la décision royale à Marie de Clèves, la mère du jeune Louis, le futur époux.

— Lorsque j'arrivai, je demandai à parler à Marie, seule à seule. Elle se mit à pleurer en apprenant la nouvelle et me dit : " Pourquoi n'a-t-il pas accepté le mariage de son aînée avec mon Louis ! Comment mon fils va-t-il prendre la chose ?" Elle fit appeler le jeune homme et c'est moi qui le mit au courant de la décision du roi. Il m'a d'abord répliqué : "C'est une plaisanterie, Madame ?". Je dus lui confirmer que la résolution du roi était très ferme et alors, il se mit à pleurer comme un enfant. Il se jeta dans les bras de sa mère : "Empêchez-le de faire une chose pareille, ma mère, empêchez-le !". Quel être étrange que mon frère ! Il m'avait fait dire au jeune Louis qu'il avait à choisir entre le Monastère et le mariage tel qu'il l'avait décidé. Pauvre petite Jeanne ! Elle est si bonne, mais vraiment si laide. Le roi aurait mieux fait de la mettre au Couvent où elle aurait été plus heureuse.

Dame Charlotte était elle-même très belle. Son teint ne faisait que devenir plus lumineux avec les années et ses yeux vert foncé et ombragés de longs cils me paraissaient plus brillants que jamais.

— Mon frère n'a aucune considération pour les êtres humains, continua-t-elle avec une rancœur très nette. Moi-même, il m'a mariée contre mon gré.

Il y eut un silence.

— Je suis la fille de la maîtresse d'un roi. Une bâtarde, en un mot. Et pourtant, je suis née parce que mon père et ma mère s'aimaient, non pas parce qu'on les a obligés à partager le même lit... Aucune de vous ne sait ce que c'est que de recevoir les caresses d'un homme qui vous répugne. Marie, auriez-vous couché avec le comte de Meulan ?

— Quelle horreur ! s'exclama ma sœur. Certes non.

— Et cependant, l'Eglise dit que c'est un péché de se refuser à son mari. Si vous aviez dû l'épouser, vous auriez été contrainte d'accepter ses caresses... et j'en passe.

— Heureusement, dis-je, Monsieur de Brézé n'est pas Olivier le Daim.

— Non, heureusement, mais je l'ai épousé sans avoir jamais éprouvé la moindre attirance pour lui. Je peux vous en parler maintenant que je sais...

Elle s'arrêta dans sa phrase.

— Il est difficile d'avoir des amies. Je vous considère comme les plus fidèles et les meilleures de toutes.

— La reine, Dame Charlotte, vous oubliez la reine.

— La reine ? C'est une sainte femme. Elle a réussi l'exploit d'aimer celui qu'on lui a imposé. Elle ne peut me comprendre.

Sans transition aucune, elle se mit à rire :

— Je me demande encore comment il a pu embobiner mon frère uniquement en le rasant ! Louis ne jure que par lui.

C'était un des charmes de Dame Charlotte d'être imprévisible dans ses réactions et dans le mouvement même de ses pensées. Elle continua :

— J'aime Pierre de la Vergne, l'écuyer de mon mari. Nous nous aimons. Je suis devenue sa maîtresse depuis la semaine dernière.

Je cherchai à garder un visage serein. Mais je ne pouvais qu'être épouvantée de ce que j'apprenais. Ce fut Marie qui dit :

— Le grand sénéchal a l'air très jaloux. Méfiez-vous, Charlotte.

— Je n'ai aucun regret. Aucun. Jamais je n'ai été plus heureuse de ma vie. Pierre est un homme ...

La phrase resta en suspens et un hochement de tête accompagna le sourire qu'elle nous adressa. Elle continua :

— Oui, Jacques est très jaloux. Je ne sais pas si on peut dire qu'il m'aime. Non, je ne crois pas du tout. Je suis à lui. Voilà. Et il n'admettrait pas que je fasse le moindre faux-pas qui le priverait de son bien.
— C'est très dangereux, murmurai-je.
— Oui, je le sais. S'il n'y avait que mon mari duquel je dusse me méfier, ce ne serait rien. Il est tellement souvent absent ! Toujours à la chasse ou en voyage. Je le vois rarement. Mais je crains qu'il ne charge un de ses amis de me surveiller.
Dame Charlotte se remit à rire :
— Il me fallait partager ma joie et mon bonheur avec quelqu'un. Vous me voyez racontant cela à ma sainte belle-sœur ? Comme je regrette de ne pas avoir mes sœurs auprès de moi ! Je ne sais pas si Jeanne m'aurait comprise car elle est trop heureuse dans son ménage mais Marie, j'en suis sûre. Elle aussi est heureuse en ménage, mais elle n'aime pas beaucoup Louis et l'antipathie est assez réciproque. Elle n'était pas favorable à mon mariage avec Jacques qu'elle jugeait sévèrement.

Nous nous séparâmes avant le retour de nos époux. Je rejoignis mon lit après avoir prié pour Dame Charlotte. La révélation de sa liaison m'avait laissée perplexe : je n'étais plus la jeune Typhaine qui condamnait sévèrement tout ce qui était contraire à la morale de la Sainte Mère l'Eglise, mais le péché m'effrayait. Sans cesse je me rappelais les paroles de Mère Blanche me parlant des “turpitudes de la Cour”. Je pensais réellement que le diable se cachait parmi nous, mais où ? Le diable ne pouvait prendre le masque de la beauté innocente, simple et fraîche de Dame Charlotte. Et s'il se cachait dans notre roi, lui insufflant des décisions et des ordres diaboliques ? Je me signai dès que cette idée sacrilège eut surgi à mon esprit. Comment avoir de telles pensées contre notre très catholique et très respecté roi, lui qui ne cessait de prier matin et soir et faisait de si nombreux pèlerinages ? Il était le soutien de la très Sainte Eglise. Je ne pouvais cependant m'empêcher de penser qu'il avait une étrange façon d'agir. Jean m'avait expliqué que le seul souci du roi était l'unification de son royaume et que les mariages qu'il décidait n'avaient en vue que cette unification. Je ne voyais, pour moi, que le vouloir d'un homme quelque peu despotique, heureux de manigancer et de mener les gens à sa guise. Il aimait sa fille Anne. Pourquoi ne pas l'avoir donnée en mariage à son cousin Louis ?

La fatigue de la journée eut raison de mes hésitations et de mes craintes. Je m'endormis jusqu'à tard le lendemain.

J'étais dans la salle contiguë à la chambre de la reine, celle où nous avions l'habitude de nous réunir. Une nouvelle tapisserie ornait le mur. Elle représentait une scène de chasse.

— Louis me l'a offerte le mois dernier, m'expliqua la reine.

Je vis du bonheur dans ses yeux. Quelle provision d'amour recelait ce cœur tellement mis à l'épreuve ! Et il l'était encore ce jour-là, avec le souci que lui apportait le mariage forcé de la jeune princesse.

La reine, évitant d'aborder ce sujet, me parla abondamment de son fils Charles. Elle le voyait chaque jour quelques instants seulement, trop peu à son goût. Le roi tenait à ce qu'il eût une éducation strictement masculine.

— Louis adore son fils. Jamais je ne lui avais connu cette attitude inquiète à chaque moment. Il veille à ce qu'il ne sorte jamais du parc, fait surveiller très strictement toutes les entrées. Il est heureux que Charles aime la chasse et s'intéresse à la fauconnerie mais il pense que notre enfant est trop gentil et qu'un roi n'a que faire de la gentillesse. Vous pourrez juger par vous-même, car c'est bientôt l'heure de sa visite. Que de chance vous avez, ma chère Typhaine, de soigner vous-même vos enfants. Vous les avez tous les jours. Comme j'aurais aimé être paysanne ! J'aurais su travailler dur, vous savez.

— Dieu est maître de notre destin, Madame. Le vôtre est de régner.

— De régner ? Mon rôle est de donner des enfants au roi, et de préférence des fils. Et Dieu ne m'a laissé qu'un fils sur les trois que j'ai mis au monde…

Elle se signa, comme épouvantée des paroles qu'elle venait de prononcer en ajoutant :

— Que la volonté de Dieu soit faite.

Charles était en effet un charmant enfant, timide et doux. Ni beau ni laid, il avait la grâce de l'enfance et l'on devinait, en lui, le même penchant que sa mère et que sa sœur Jeanne pour la bonté et la facilité de caractère. Je me réjouis de ne pas trouver chez lui la froideur calculatrice de sa sœur aînée. Quand sa mère m'eut présentée au dauphin, lui expliquant qu'elle avait passé des heures et des heures à écouter mes lectures, il alla dans la bibliothèque de la reine, enrichie de nouveaux ouvrages, et rapporta le livre racontant les aventures des chevaliers de la table Ronde :

— Dame Typhaine, pourriez-vous me lire un passage des aventures de Lancelot?

Il s'assit près de moi et regardait les illustrations avec grand intérêt tandis que je lisais.

La princesse Jeanne arriva pendant la lecture. Ses yeux étaient rouges et bouffis, ce qui n'arrangeait pas son visage ingrat qui n'avait rien gagné en grâce avec les années. Après m'avoir saluée, elle s'installa près de la reine et prit un ouvrage de broderie.

— Anne devrait bientôt arriver, dit la reine. Voilà six mois que je ne l'ai pas vue, elle vient pour le mariage de sa sœur.

Elle arriva en effet au milieu de l'après-midi. Elle se laissa embrasser par sa mère, me salua, salua sa sœur et son frère qui s'était blotti près de la reine. Examinant la princesse

Jeanne qui n'avait pas levé les yeux de son ouvrage elle remarqua :

— Le mariage ne semble pas te réjouir outre mesure me semble-t-il. N'es-tu pas heureuse ?

Jeanne la regarda.

— Non, Anne. J'aurais préféré le couvent.

— Notre cousin ne te plaît pas ?

— Louis ne voulait pas m'épouser. J'ai su qu'il a pleuré en apprenant la décision de notre père.

La princesse Anne ne répondit pas. Elle s'assit près de sa mère, s'enquit poliment de sa santé puis du déroulement de la cérémonie qui devait avoir lieu deux jours après. Aucune trace d'émotion ne passait jamais sur son visage aux traits qui s'étaient épaissis et au regard dur. Je pensai alors qu'elle avait dû accepter son mariage avec Pierre de Beaujeu avec la même indifférence, qui ne pouvait être que feinte : j'ai eu l'occasion de voir son époux, le jour du mariage de la princesse Jeanne. C'était un homme assez laid et doté d'une santé fragile. Le roi, qui voulait tant un fils, avait-il peur d'avoir des petits-enfants forts et bien portants ?

Le mariage fut célébré avec faste. La petite princesse était somptueusement habillée et sa laideur n'en était que plus flagrante. Elle garda les yeux secs durant toute la cérémonie et son désespoir me parut encore plus poignant. Cette enfant pouvait-elle avoir l'espoir de changer l'attitude de son époux et de se faire un jour aimer ? Je ne crois pas. Jeanne était totalement exempte de présomption et elle se pensait indigne de tout amour. C'est pour cette raison qu'elle éprouvait une telle reconnaissance pour quiconque lui montrait tant soit peu d'affection ou de bienveillance.

Le jeune Louis prononça le " oui " qui le liait définitivement à notre jeune princesse en essayant de retenir un sanglot d'enfant. Je regardai sa mère et vis qu'elle pleurait, sans même essayer de dissimuler ses larmes.

La reine ne laissait paraître aucune émotion et je me doutai combien la cérémonie devait lui sembler difficile à supporter. Le roi, à ses côtés, gardait les yeux fermés, et semblait profondément absorbé par ses prières.

Le dauphin fit preuve d'une grande patience pendant la cérémonie qui fut longue et fastidieuse et je me souviens avoir prié autant pour lui que pour sa sœur, en pensant que cet enfant serait sans doute un jour le roi de la France.

Je ne te décris pas les fêtes qui suivirent la cérémonie pendant plusieurs jours : elles furent somptueuses et j'en ressentis une tristesse infinie. La présence de ma sœur et de son époux venait heureusement dissiper mes mornes pensées. Nous avions hâte de repartir chez nous, mais cela n'était pas possible sans blesser la reine que notre présence réconfortait visiblement. Nous eûmes un jour, Marie et moi, l'occasion de nous entretenir avec le jeune Louis qui avait repris bonne figure. Il s'enquit, près de ma sœur, des qualités des lévriers et posa quelques questions qui me parurent déceler un esprit assez fin et clairvoyant.

Le voyage de notre retour à quatre fut par contre plein de gaieté. Nous laissions avec joie les rapports tendus de la Cour du roi Louis le onzième et savourions égoïstement notre bonne entente et notre affection réciproque.

Ma sœur et le Comte Gilles s'arrêtèrent à Cussy et participèrent aux moissons avant de continuer leur chemin.

15

1476 - 1480

Si je t'ai conté mon voyage à Amboise, ce n'est pas sans raison, tu vas le comprendre dans ce récit que je vais maintenant te livrer. Tu as pu voir que je ne me suis pas étendue sur les festivités du mariage ni sur celles de l'anniversaire du dauphin. Il te suffit de savoir qu'elles ont eu lieu, mais elles ne contenaient pas de joie véritable.

Une nouvelle année passa. J'étais revenue à Cussy, de plus en plus heureuse d'être éloignée, non de la reine que j'aimais tendrement, mais d'une atmosphère qui me pesait. J'avais retrouvé avec joie la simplicité de nos rapports à la ferme. Certes, il y avait bien des discussions, voire parfois des disputes entre nous, et le cacher serait te mentir. La femme de Joseph était quelque peu querelleuse, mais ses sautes d'humeur se calmaient assez rapidement.

Les enfants — frères, sœurs, cousins et cousines, sans oublier Yves — grandissaient ensemble et emplissaient les lieux de leurs rires et de leurs cris.

Marie venait en général avec sa famille au moment des moissons.

En l'année 1477, elle avait été invitée par dame Charlotte à passer une partie de l'été chez elle avec ses enfants, et elle devait venir ensuite nous rejoindre aux Guérets pour les vendanges. Je me souviens que cette même année, en mai, Jean s'était rendu à Lyon où le roi séjournait pour signer un traité important avec le roi René[1].

Je m'en souviens très bien car, à cette occasion, Jean m'avait dit : " je crois que je sers le plus grand roi que la France ait eu ".

Nous étions au début du mois de juillet. Il faisait très chaud, la campagne était assoupie sous un soleil interminable et pesant. Les cloches de l'office de none avaient sonné quand nous entendîmes le hennissement de chevaux et le bruit d'un attelage qui s'arrêtait dans la cour. Jeannette sortit immédiatement et nous cria :

— C'est Marie et le Comte, avec les enfants !

Mon étonnement et ma joie furent simultanés. La voiture fut très vite entourée. Les cris, les rires, les embrassements, les exclamations, les interrogations fusèrent de tous côtés. Les deux filles descendirent, puis Marie me tendit son jeune fils endormi avant de descendre à son tour. Le Comte, qui menait lui-même ses chevaux, avait sauté lestement à terre et avait déjà un mot aimable pour chacun d'entre nous. Je remarquai, cependant, que Marie ne trouvait pas la réplique aux plaisanteries et qu'elle semblait se forcer à sourire.

Alors que tout le monde se pressait encore pour les embrassades, le Comte s'approcha de moi :

— Dame Typhaine, j'ai à vous parler. Ecartons-nous un peu s'il vous plaît.

Nous entrâmes dans la grande salle qui était maintenant uniquement occupée par une très grande table et par des bancs. Plusieurs chambres avaient été aménagées pour chacune des familles.

— Dame Typhaine, nous revenons de Rouvres, de chez Dame Charlotte. Il est arrivé un grand malheur. Marie a vécu un drame qu'elle n'est pas prête d'oublier.

— Dame Charlotte, dame Charlotte… ?

— Dame Charlotte est morte. Assassinée par son mari.

(1) Il s'agissait de la signature du traité (6 mai) qui donnait la Provence à la France.

Marie vous racontera. Je l'ai amenée ici car je crois que c'est près de vous qu'elle sera le mieux pour oublier ce cauchemar.

Je regardai le Comte. Mes yeux s'étaient remplis de larmes qui coulaient sur mes joues.

— La vie est parfois bien dure, Dame Typhaine.

Je reniflai.

— Je ferai tout pour que Marie soit bien avec nous et arrive à oublier. Si cela est possible…

— Merci, Dame Typhaine. Je la laisserai ici avec les enfants pendant quelque temps, car je dois me rendre près du roi. Il a déjà ordonné à Jacques de Brézé de se constituer prisonnier à la Conciergerie. Votre mari est-il ici en ce moment ?

— Non, il est du côté de Clermont, je crois.

— Je partirai demain matin pour Lyon. C'est là où se trouve encore le roi. Je vous confie ma femme et mes enfants. Ils ne peuvent être mieux que près de vous.

Le soir même, alors que la chaleur était tombée et les enfants couchés, je me rendis avec ma sœur dans la longue allée des peupliers qui se trouve au nord de notre ferme. Voici son récit, tel qu'il m'est resté en mémoire :

— J'étais chez Dame Charlotte depuis deux jours, avec les enfants. Gilles nous avait accompagnés, puis était reparti. Tu sais que ce n'est pas la première fois que j'allais à Rouvres. Le samedi… c'était samedi dernier… nous avions tous participé à une grande partie de chasse. Le soir, le Comte Jacques s'est retiré dans ses appartements. Il était fatigué. Je suis restée à bavarder avec Dame Charlotte qui m'a quittée en me disant qu'elle attendait Pierre de la Vergne. Elle était vraiment très amoureuse de lui… Moi-même me suis occupée du coucher des enfants, et m'étais déjà mise au lit lorsque j'entendis des cris terribles, des hurlements. Je me levai précipitamment, enfilai rapidement un vêtement et courus d'où provenaient les cris, de la chambre de Charlotte. Juste comme j'y arrivais, je vis dame Charlotte sortir nue de la chambre en hurlant : " il l'a tué, il l'a tué ! ". Elle était elle-même pleine de sang. Elle s'est précipitée dans la chambre de ses enfants et je vis venir le comte. Il hurlait " tu ne t'en sortiras pas, crois-moi bien ! ". Je me suis précipitée à la suite de dame Charlotte et le comte m'a violemment jetée à terre à l'entrée de la chambre des enfants. Les petits se sont levés de leur lit et Dame Charlotte s'est enveloppée de leur drap. Elle criait : " non, Jacques, non, Jacques ! ". Mais il s'est précipité sur elle et, devant les enfants, s'est acharné à la poignarder. Elle était déjà morte qu'il continuait à frapper en criant : " tu vas enfin comprendre, tu vas comprendre ! "

Marie s'arrêta. Je ne trouvai rien à dire. Je ne pouvais faire autrement que d'imaginer la scène horrible.

— Et les enfants ? finis-je par prononcer.

— Je les ai emmenés dans ma chambre. Les serviteurs étaient accourus et leur gouvernante était là. Nous les avons couchés et je suis restée toute la nuit près d'eux. Heureusement, les miens n'ont rien vu. Je crois que je ne pourrai jamais oublier cette scène horrible. Pauvre Charlotte… Je n'ai pas revu le Comte. Je sais par Gilles que le roi lui a ordonné de se rendre à la Conciergerie. Il paraît qu'il a été très affecté par la mort de sa sœur. Il a fallu nous occuper des deux corps et j'ai envoyé un messager à Amboise pour prévenir la reine et un autre chez moi pour que Gilles revienne au plus vite. Et me voilà ici. C'est l'apothicaire, c'est lui qui a dénoncé dame Charlotte à son mari.

Nous nous promenâmes longtemps car les jours sont longs à cette période. Marie m'assurait que de parler ainsi avec moi lui faisait du bien. Je me souviens que nous vîmes passer une étoile filante et que je murmurai alors à ma sœur :

— C'est l'âme de Dame Charlotte qui passe par là.

Durant la nuit qui suivit, mon esprit fut torturé à l'idée que Dame Charlotte était morte dans le péché. Je me promis de me rendre au Couvent pour parler avec la Mère Abbesse. N'était-il pas de pardon possible pour cette femme qui n'avait pas eu le temps de se repentir ? Comment allait-elle être jugée ? Se pourrait-il qu'elle rejoignît les âmes des damnés, elle qui était si vive, si bonne et si charmante ? Je me sentais des pensées de vengeance envers ce mari qui n'avait pas hésité à la tuer sans même lui donner le temps d'une prière. Je ne voulus pas parler à Marie de mes craintes pour ne pas augmenter ses propres tourments.

Le Comte Gilles partit tôt le lendemain matin. Il me remercia, m'assurant que déjà il sentait une amélioration dans l'état de sa femme.

Je quitte cet épisode si triste de notre vie pour passer à te signaler rapidement les honneurs dont ton grand-père fut couvert à cette même époque, honneurs qui ne faisaient qu'accroître les jalousies et mes angoisses.

Au début de l'an 1477 mourut Charles le Hardi, l'adversaire de toujours de notre roi. Jean servit brillamment dans l'artillerie royale pour réprimer alors le soulèvement de la Bourgogne.

Le roi avait nommé ton grand-père Capitaine Gouverneur de Cussy. Tous deux avaient à cœur de remplacer les murailles de la ville par de bons remparts et de fortes tours. Ils disaient que jamais ne se reproduirait la prise de la ville[1]. Jean installa une garnison permanente et fit venir de l'artillerie. Puis il ordonna aux sujets du Duc de Bourbon de venir de trois lieues à la ronde pour travailler aux fortifications. Cet ordre fut ensuite étendu aux habitants d'Auvergne, du Bourbonnais, du Forez et du Roannais... Tu peux t'imaginer la colère de tous ces appelés ! Les La Borderie atti-

(1) Elle avait été prise en 1359 pendant la Guerre de Cent Ans.

saient aisément les rancœurs, faisant valoir en plus la hausse des impôts que nécessitait cette ambition pour la ville. Le nombre des ennemis de Jean ne faisait qu'augmenter.

En 1478, Cussy fut déclarée Place Forte Royale. Jean connut alors un moment de grâce et remonta dans l'estime des villageois lorsqu'il fit supprimer les droits féodaux de guet et de garde.

À la même époque, il commença une enquête minutieuse sur les actions de notre Duc Jean II de Bourbon et de ses officiers d'administration. Il fit un sévère rapport au roi, lui rapportant, entre autres choses, que le duc forçait les sergents royaux à utiliser le greffe seigneurial, qu'il créait à son profit des droits de péage, de marché et de foire, qu'il battait monnaie et excluait des Etats d'Auvergne les députés des villes favorables au roi, que ses juges jugeaient les manants coupables de délit au lieu de les déférer aux baillis de Montferrand ou de Saint-Pierre le Moutier, si bien que personne n'osait plus en appeler à la justice du roi.

Tu peux aisément comprendre la haine qui montait contre ton grand-père : bien peu étaient ceux d'accord avec son choix qui consistait à servir en premier lieu le roi et la France et non son Duc. Cette haine s'amplifiait à mesure que les honneurs royaux couvraient Jean. Il fut en effet nommé Bailli de Montferrand et Gouverneur d'Auvergne, puis anobli en 1480.

16

1480 - 1481

Jean m'avait annoncé, la veille, son prochain départ à Montferrand. C'était une belle journée d'octobre, mais le soleil avait déjà perdu de sa vigueur. J'étais dans la cuisine avec Louise et Françoise. Louise ranimait le feu sous la soupe aux choux dans laquelle nageaient de bons morceaux de lard, Françoise nettoyait la salle avec des branches de genêts liées ensemble et coupées régulièrement. Quant à moi, je préparais la table pour le repas du matin. J'avais sorti le pain de la maie. Les autres femmes étaient occupées aux soins des enfants.

— Louise, puis-je vous demander quelque chose?

— Demande toujours, dit-elle en riant. Je ne donne pas ma réponse avant d'avoir entendu la question !

— J'aimerais partir à Montferrand avec Jean. Il m'a dit qu'il devait y rester plusieurs mois. Puis-je vous confier mes enfants ?

— Bien sûr. Tu sais bien que tes enfants sont les nôtres et que Françoise est une véritable mère poule pour eux.

Françoise se mit à rire et déclara :

— J'espère être mieux que la poule noire qui a laissé deux poussins se noyer dans la mare !

Louise sortit dans la cour.

— La soupe est prête, la soupe est prête ! criait-elle devant chaque bâtiment où les hommes avaient commencé le travail.

Elle revint dans la salle en disant :

— Nous devrions installer une cloche, comme au Couvent. Ce serait mieux pour appeler tout le monde au repas.

Les hommes arrivèrent, puis les femmes. On s'installa autour de la table. Les enfants mangeaient après nous et, en attendant, ils s'amusaient autour du puits, sous le regard vigilant de Françoise qui prenait son repas avec nous mais ne perdait pas la cour de vue. Les nourrissons étaient couchés près de nous, sur des peaux de moutons.

Les hommes se coupaient de larges tranches de pain et mangeaient bruyamment. Jean était là aussi. Je jetai un coup d'œil à Louise pour l'inviter à parler. Elle profita d'un moment de silence pour dire.

— Typhaine aimerait partir à Montferrand avec son mari.

Jean posa son bol si brusquement que de la soupe tomba.

— Qu'est-ce que c'est que cette idée ? Il n'en est pas question.

— Pourquoi n'en serait-il pas question ? Je veux suivre mon mari où il va. J'en ai assez d'avoir un mari fantôme.

— J'ai dit non et je maintiens non.

Mes yeux s'emplirent de larmes et un silence lourd s'était établi dans la salle. Jean reprit son bol, but bruyamment une gorgée, le reposa et, après un court instant, il annonça à voix basse :

— Il y a la peste à Montferrand et à Clermont.

Le silence se fit encore plus épais. C'est moi qui le brisai :

— Raison de plus pour t'accompagner. Que vas-tu faire là-bas ?

— Il me faut organiser les secours et les approvisionnements, veiller à ce que la peste ne se propage pas, détruire les rats qui grouillent dans la ville.

— Très bien. Nous serons deux pour cette tâche. Si tu pars sans moi, je partirai seule, après toi. A toi de choisir.

— Et les enfants ? As-tu pensé aux enfants ? S'il nous arrivait… quoi que ce soit, ils seraient orphelins.

— Orphelins ? Regarde près de toi leurs oncles, leurs tantes, leur grand'mère, leur grand-père qui les aiment et s'occuperaient d'eux. Je ne veux pas te laisser partir seul.

Jean replongea dans son bol. Puis il le posa brusquement, se leva et sortit.

— As-tu bien réfléchi, ma fille ? demanda Père.

— Je voulais l'accompagner sans savoir qu'il y avait la peste. Ma décision est maintenant renforcée, Père.

Je me rendis le matin même au Couvent pour demander à Mère Marguerite si elle avait des renseignements à me donner sur la peste. Elle me conseilla un médecin dont la réputation était grande et j'y allai avec Jean. C'était un homme déjà âgé aux cheveux tout blancs.

— Bien sûr, dit-il à Jean, votre tâche ne sera pas facile car vous devrez être très strict dans l'application des mesures nécessaires. Vous devez songer à faire disparaître au plus vite les causes du mal. Tuez les rats qui prolifèrent et empêchez-les de sortir de la ville… Le feu est sans doute le seul moyen vraiment efficace. Les malades doivent être isolés. Ils mourront de toute manière. Fermez la ville, ne laissez personne s'en échapper. Même si les personnes vous semblent saines. Choisissez un endroit où vous pourrez isoler, pour observation, les bien-portants. Attention à l'eau. Faites-la venir de l'extérieur. Faites brûler les cadavres. Ne les touchez pas. Protégez votre visage et vos mains. Séparez ceux qui toussent. Revenez demain et je vous donnerai deux préparations de mélange de plantes : une que vous donnerez à ceux qui toussent, une autre que vous donnerez aux bien-portants. Inutile de donner quoi que ce soit à ceux qui sont déjà atteints. Vous ne pourrez rien pour eux. Que Dieu garde leur âme…

Nous partîmes trois jours plus tard, portant soigneusement les flacons du vieux médecin qui avait également donné à Jean l'adresse d'un ami à lui "extrêmement savant dans le domaine de la peste" avait-il ajouté.

Notre voyage dura deux jours. Seul, Jean l'eût fait en une journée mais il craignait ma fatigue. Il resta silencieux pendant une bonne partie du trajet. Je sais qu'il cherchait comment organiser les secours dès son arrivée. Parfois il marmonnait ses projets, et je ne sais si c'était pour moi ou pour lui.

— Il me faut trouver des traqueurs de rats... Ils seront bien payés. Il faut attirer les rats, les capturer et les brûler. Surtout les empêcher de proliférer. Il faudra séparer les bien-portants des malades. Ce sera difficile. Il faudra interdire les réunions autour des morts...

Je n'eus aucune joie à découvrir la maison de Jean à Clermont. Pour y parvenir il nous fallut passer par des ruelles noires et sales et nous vîmes des rats passer près des sabots de nos montures.

C'est certainement dans cette ville que j'ai pu apprécier pour la première fois les qualités de chef de ton grand-père. Dès notre arrivée il convoqua tous les notables et leur exposa ses plans de bataille. Bien sûr, je n'assistai pas à cette réunion mais en eut de multiples échos par la suite. Les plans de Jean étaient clairs et pouvaient paraître extrêmement inhumains. " La répartition des tâches, disait-il, est notre seule défense contre l'épidémie. Il ne s'agit pas de recevoir ce mal comme une fatalité. Il nous faut combattre une ennemie puissante, nous unir dans nos efforts et être très sévères dans l'application des mesures choisies ". Jean réussit à convaincre tous les notables qui lui confièrent sans hésitation le rôle de chef de la coordination. Le conseil fut très long et chacun sortit avec un rôle bien défini . Chaque responsable devait former au plus tôt son équipe. Il y avait le responsable de la surveillance des murailles et des portes (défense serait donnée d'entrer dans la ville et d'en sortir), le responsable de la destruction des rats, le responsable de l'isolement des malades, le responsable du rassemblement des bien-portants d'abord dans un lieu d'observation de quatre jours puis dans un lieu sécurisé, le responsable du ravitaillement et de la distribution tant en nourriture qu'en eau, le responsable de l'observance des consignes données et des applications des punitions très dures : ton grand-père exigea la plus grande sévérité, et même la mort pour les contrevenants. Tu peux comprendre qu'il se fit alors beaucoup d'ennemis, surtout lorsque les habitants apprirent les consignes qu'ils jugeaient inhumaines et ridicules : défense de voler les habits sur les cadavres, défense de boire aux puits de la ville, défense de veiller les morts, défense de fuir la ville… Malgré cette interdiction, beaucoup, parmi les riches, tentèrent de partir en payant cher leur passage hors des murailles. Jean exigea de punir très rigoureusement cette pratique et menaça de mort ceux qui accepteraient le marché : il ne fallait pas propager la maladie à l'extérieur de la ville.

J'allai à la messe dès le lendemain de notre arrivée. Le prêtre exhortait alors les fidèles à des prières et à des pénitences :

— Le ciel punit votre méchanceté et seule la pénitence nous délivrera de ce fléau qu'est la peste. Dieu nous a envoyé cette épidémie car ici règne le péché. Il faut prier et vous repentir.

Le Clergé fut très vite un des plus farouches adversaires de Jean. Deux jours après notre arrivée je reçus la visite du prêtre dont j'avais entendu le prêche.

— Dame Typhaine, votre époux mérite l'excommunication. Il paraît qu'il a dit : " priez un peu moins et aidez-nous un peu plus ".

— Père, rétorquai-je, on peut prier en agissant.

— Mais il n'y a que la prière qui peut nous sauver. Rien d'autre. Il faut nous remettre dans les mains de Dieu. Votre mari ne veut-il pas empêcher les gens de veiller leurs morts ? C'est inadmissible.

— Laissez les morts s'occuper des morts. Ce n'est pas de moi, Père. C'est bien Jésus qui a dit cela ?

C'était la première fois que j'osais répondre de cette manière à un prêtre et la première fois que j'osais penser qu'il était dans l'erreur. Et nous eûmes en lui un ennemi ardent et virulent dans ses sermons.

Trois jours plus tard, Jean m'installa dans une grande maison. Il me fit jurer de ne jamais quitter, sans son autorisation, ce lieu sûr dans lequel j'étais confinée et il me confia l'organisation de la réception et de la survie des bien-portants qui allaient y arriver. Il me promit des provisions régulières et me demanda de lui envoyer chaque jour un courrier le tenant au courant de tout. Du roi, Jean avait reçu un budget important et le duc participait également à la lutte contre le fléau.

Je m'occupais donc quotidiennement de l'accueil des personnes qui venaient ici après un isolement de trois jours, affamées et affaiblies, mais heureuses de s'être sorties du cauchemar vécu. Je veillais à la réception et à la distribution des vivres. Je faisais à manger, allais de groupe en groupe, confiais des orphelins à des femmes seules, organisais le couchage, réclamais aux convoyeurs des paillasses et des couvertures car le froid était vif. Je fus vite aidée par les femmes qui arrivaient. Quant aux hommes, beaucoup s'étaient engagés pour aider à combattre la maladie. Les chariots nous parvenaient bien fermés et la nourriture était presque suffisante.

Par les nouveaux arrivants, j'avais connaissance des efforts effectués à l'intérieur de la ville : il avait fallu organiser l'arrivée des chariots de nourriture et d'eau, faire brûler des quartiers entiers, surveiller la destruction des maisons, procéder à l'incinération des morts, au partage des vivres, à la surveillance des contrevenants... Ils me racontaient aussi les enfants étendus sur les grabats et que l'on découvrait seuls près de leurs parents morts, les charrettes qui passaient tous les matins chargés de corps entassés...

Quelle joie de revoir Jean, après sept mois de séparation ! Il lui fallut, avant notre retour à Cussy, veiller au logement des rescapés, organiser un foyer pour les anciens demeurés sans famille, et prévoir un orphelinat pour les enfants sans aucun parent.

Je revins à Cussy très affaiblie par cette année de froid, de faim et de souffrances, tandis que Jean rejoignait le roi à Plessis. Jean de la Borderie avait profité de notre absence pour exciter, contre ton grand-père, les villageois exaspérés par le poids des tailles et des corvées.

L'année de mon retour fut endeuillée par la mort de l'épouse de notre Duc, Jeanne, qui était la sœur de notre roi. Je priai pour cette femme qui n'avait rien à voir avec les querelles de nos maris et que j'avais entrevue, une seule fois, à la sortie de l'église.

Jean revint de Plessis, cette même année, porteur d'une bonne nouvelle pour les habitants de Cussy : le roi avait décidé d'alléger les impôts nécessaires au financement des travaux de la ville en les répartissant sur d'autres provinces du royaume. Il avait également remercié ton grand-père en lui accordant la baronnie de Montréal en Velay : Jean avait fait arrêter un convoi illégal d'armes destinées au Duc de Bretagne.

Cela peut te sembler étrange, mais plus les honneurs royaux pleuvaient sur Jean plus mes angoisses s'aggravaient. Mon mari était-il inconscient ou ne suivait-il que sa devise : " fais ce que devras, advienne que pourra " ? Lorsque le roi créa la Seigneurie et Châtellenie de Doyat, Jean décida de construire notre château près des murailles de Cussy, au-dessus du pont de la Mère.

— Tu verras, tu auras un magnifique château, et il sera aussi imprenable que notre ville. Tu ne risqueras rien. S'il est assiégé, nos ennemis se lasseront avant nous.

Je ne pouvais le suivre dans ses projets qui me semblaient fous.

Hélas, la santé du roi se dégradait rapidement. Des alertes sérieuses décidèrent notre souverain à appeler Jean à ses côtés, dès novembre 1482. Il nomma Claude de Montfaucon pour le remplacer comme Gouverneur d'Auvergne. Il voulait que mon époux l'aidât à traiter une paix définitive avec la Bourgogne.

J'hésitai à me rendre à Amboise, en mai 1483, pour les fiançailles de notre dauphin avec la jeune Marguerite[1], petite-fille du Téméraire. Il y avait si longtemps que je n'avais revu la reine ! Mais je me rangeai à l'avis de Louise qui jugeait ma santé encore trop fragile pour un si long déplacement.

Je m'abstins donc de ce voyage. Le roi était alors si faible que je sus, par un courrier de Jean, qu'il avait confié les préparatifs de la cérémonie à sa fille Anne et à son gendre Pierre de Beaujeu. J'écrivis une longue lettre à la reine lui expliquant les raisons de mon absence à l'occasion des fiançailles de son fils. Je lui promis un séjour à Amboise dès que ma santé serait tout à fait rétablie.

---

(1) Le dauphin n'épousa pas Marguerite, mais Anne de Bretagne, après la mort du roi Louis XI.

17

1483 - 1484

Nous étions au début du mois de septembre de l'année 1483. Réunis autour de la table pour le repas du soir, nous discutions des fiançailles du dauphin. Louise venait de déclarer :

— Dire que certaines personnes envient le sort de ces enfants que l'on marie pour des raisons d'Etat ! Je préfère être née inconnue !

— Sûr, renchérit Jeannette. Au moins, nous avons tous et toutes choisi celle et celui que nous allions épouser, autour de cette table.

— Ce n'est pas ce que j'ai fait de mieux, c'est évident, ajouta mon frère Joseph.

Nous partîmes de rire tandis qu'il recevait de l'eau à la figure, lancée par ma belle-sœur :

— Une autre réflexion, et c'est le puits que tu reçois au visage !

— Ecoutez, lança brusquement mon père. On dirait un cheval, dans la cour.

Je me levai précipitamment et courus à la porte. Un homme mettait pied à terre.

— Je suis porteur d'un courrier pour Dame Typhaine, dit-il. Habite-t-elle ici ?

— C'est moi-même.

Il me salua et sortit d'un sac en cuir une feuille roulée et fermée du sceau que je reconnus être celui de Jean. Avant même de lire, je lui demandai :

— Avez-vous mangé ?

— Non, je pense me rendre à l'auberge maintenant.

— Si vous voulez vous joindre à nous, nous avons largement de quoi vous restaurer.

Louise, sortie derrière moi, fit entrer le messager. Je me dirigeai près du puits avant d'ouvrir le rouleau. Sa lecture me fit monter le sang au visage et j'eus un court étourdissement : *«Ma Typhaine, le roi est mort. Surtout, ne fais rien pour me rejoindre. Olivier a déjà été arrêté et il se peut fort que ce soit bientôt mon tour. Pars chez ta sœur. Protège les enfants. Je te le redis, ne viens sous aucun prétexte. Ne m'écris pas. Je préviens le Comte Gilles. Attends ses instructions. Tu sais que je t'aime. Jean»*.

Je m'efforçai de reprendre un visage normal avant de retourner dans la salle et de m'asseoir à la table. Je ne voulais pas dévoiler le contenu de mon courrier devant mes enfants ni devant le messager. Au fait, peut-être était-il au courant de la mort du roi. Comment le savoir ? Je l'accompagnai dans la cour, lorsqu'il eut terminé son repas, et, alors qu'il se préparait à reprendre sa monture, je l'interrogeai :

— Connaissez-vous la teneur du message que vous venez de m'apporter ?

— Il nous est demandé de jurer sur la Sainte Croix ne jamais dévoiler ce que nous savons, Dame Typhaine. Dans ce cas d'aujourd'hui, je ne puis vous cacher que je devine ce que l'on vous annonce.

Il partit, après m'avoir saluée et remerciée pour le repas.

Lorsque je regagnai la salle commune, tout le monde m'attendait, les enfants étaient encore là.

— Quelles nouvelles as-tu reçues ? demanda mon père.

Je jetai un regard aux enfants et Odyle, qui avait quinze ans maintenant, me dit :

— Mère, parlez devant nous tous. Soit nous avons l'âge de tout entendre soit certains d'entre nous ne peuvent

encore comprendre. Et alors ? Nous voyons bien tous que vous savez quelque chose de grave. Est-il arrivé quelque chose à notre père ?
— Non, non, Odyle… Du moins pas encore, continuai-je à voix basse. Notre roi, notre roi est mort. Le comte de Meulan a déjà été arrêté. Votre père désire que nous partions chez Marie et que nous ne fassions rien pour le contacter.
Il y eut un silence et des signes de croix.
— Que Dieu reçoive l'âme de notre roi, murmura Louise.
— Pourquoi Père serait-il arrêté ? demanda Odyle. Il n'a rien fait de mal !
— Non, bien sûr. Je ne sais pas. C'est lui qui me dit cela dans sa lettre.
— Les Grands n'aiment pas les manants qui ont voulu se hisser vers eux, déclara Matthieu. Notre roi Louis prenait ses conseillers dans les gens du peuple. Cela ne plaisait pas à tout le monde.
— Mais le nouveau roi ? Vous le connaissez et il est gentil, n'est-ce pas, Mère ? me demanda Catherine.
— Le nouveau roi est un enfant, incapable de régner encore.
— Quand partons-nous chez tante Marie ? demanda mon dernier qui venait d'atteindre ses huit ans.
— Nous verrons, Pierre, peut-être dans deux ou trois jours.
Nous allâmes nous coucher, j'eus du mal à trouver le sommeil, me demandant ce qui allait advenir de Jean, de moi-même et de mes enfants.

Le Comte Gilles nous envoya sa voiture et un homme de confiance, quelques jours plus tard, pour effectuer notre voyage. Je laissai Françoise et Yves à Cussy. Yves était devenu un homme fort, courageux et instruit. Nous lui avions confié les comptes de la ferme et il accomplissait sa tâche de régisseur avec sérieux et compétence. Quant à Françoise, elle était devenue aussi indispensable que lui dans la marche de notre maison.

Je n'étais jamais allée chez ma sœur. Je ne connaissais pas du tout la région du Sud de Cussy et le voyage nous prit trois jours. L'attention que je portais à mes enfants me permettait d'échapper partiellement à l'angoisse du sort qui serait réservé à Jean. Je priais Dieu de bien vouloir mettre de la sagesse dans le cœur du jeune Charles. Les moments d'espoir succédaient à ceux de désespoir : que pouvait-on reprocher à Jean ? N'avait-il pas servi le roi avec constance et honnêteté ? N'avait-il pas montré une fidélité sans faille à son maître ? N'étais-je pas amie de la reine ? Celle-ci parlerait à son fils et lui rappellerait les services rendus au roi par mon époux. Et d'autres fois, je me souvenais de la jalousie des La Borderie, de la haine que notre Duc avait accumulé contre Jean, de la jeunesse de notre nouveau roi incapable encore de penser par lui-même et peut-être influencé par nos adversaires.

C'est ainsi que les jours de voyage passèrent. Ta mère avait onze ans. La voiture la fatiguait beaucoup et elle resta une bonne partie du trajet la tête appuyée sur mes genoux, sans se plaindre.

Nous arrivâmes au château de Surcy une fin d'après-midi. Ma sœur nous attendait avec impatience et l'accueil enthousiaste de leurs cousins eut raison des tristes pensées de mes enfants. Ils furent entraînés dans une visite du château et du parc qui dura jusqu'au moment du dîner, que nous prîmes tard.

Le château du comte avait de nombreux charmes dont le moindre n'était certes pas le parc magnifique.

L'insouciance de la jeunesse fut heureusement la plus forte dans les jours qui suivirent notre arrivée et mes enfants oublièrent vite les circonstances qui nous avaient conduits au château. Ils vivaient dans une ambiance de fête continuelle entre cousins. Si Odyle me demandait parfois des nouvelles de son père, c'était presque par pure courtoisie. Cette attitude, tout en me rassurant, me peinait également. Je me rendis alors compte que mes enfants ne connaissaient que peu leur père. Les longues absences de Jean l'avaient privé de leur affection. Quand je considérais les rapports du Comte Gilles avec ses filles et son fils, je mesurais tout ce qui avait manqué dans la famille que j'avais voulu construire. J'en parlais à Marie qui me dit :

— Chaque famille est unique. Tu ne peux blâmer ton époux. La vie qu'il a choisie a été loin d'être paisible et il a servi son roi avant sa famille. Tes enfants n'ont pas vraiment souffert de son absence. Ils ont eu l'amour de leur mère et l'autorité de leurs oncles.

Au château vivaient la mère du Comte et sa sœur Adèle. Toutes deux étaient en grande admiration devant leur fils et frère, et ce sentiment s'était étendu à la famille qu'il avait fondée. Les deux femmes nous reçurent fort aimablement et je dois te dire que cette bienveillance me fut également d'un grand réconfort. Adèle était une belle jeune fille dont la passion était les chevaux. Elle se prit vite d'intérêt pour Claude, qui partageait ses goûts, et lui donna même un poulain. Mon fils passait la plus grande partie de son temps aux soins et au dressage de son nouveau compagnon.

J'appris, par l'intermédiaire du Comte, la mort d'Olivier le Daim : il avait été sommairement jugé puis pendu. L'accusation portée contre lui ne semblait avoir aucun rapport avec ses fonctions auprès de notre roi défunt puisqu'il avait été accusé du meurtre d'un homme dont il convoitait la femme.

Je restai plusieurs semaines sans rien savoir de Jean. Où était-il ? à Paris, à Cussy, à Montferrand ? Avait-il été arrêté ? Je passai de longues nuits sans sommeil. Le Comte Gilles recevait d'assez nombreux courriers et l'un d'entre eux nous apprit enfin que Jean était à Montferrand avec son frère Guillaume. Il insistait à nouveau pour que je ne tentasse rien dans le but de le rejoindre.

— Votre époux a bien fait de vous envoyer chez nous, me dit le Comte. Vous êtes ici en sécurité avec les enfants. Attendons de savoir comment vont tourner les évènements.

— Notre dauphin n'a que treize ans. Il ne peut régner maintenant. Est-ce la reine qui va assurer la régence ?

— Non, dame Typhaine, ce n'est pas la reine. C'est la princesse Anne.

Je voyais les lèvres fines, les yeux froids, le visage altier de la princesse. Je savais que je n'obtiendrai rien d'elle.

— Ne croyez-vous pas que je pourrais aller au Plessis, voir la reine et essayer de faire quelque chose pour Jean ?

— Je pense que c'est ce que tu dois faire, affirma Marie avec conviction. Si tu as encore quelque influence, il faut en user.

Le Comte hocha la tête et ne dit rien.

— Quoi, lui demanda Marie, n'es-tu pas de notre avis ? Il faut que Typhaine fasse tout pour sauver son époux. Et la reine doit bien avoir quelque influence sur sa fille ?

— Inutile, dit le Comte. Je ne voulais pas vous en parler, mais vous m'y obligez. Deux raisons pour lesquelles il est absolument inutile de faire quoi que ce soit. D'abord, le Duc a obtenu du Parlement la reprise de sa juridiction et des privilèges dont Jean l'avait privé en partie. Jean peut donc être arrêté par les gens du Duc. Ensuite…

— Ensuite ?

— Ensuite, la reine est au plus mal. Elle se meurt.

— La reine ? La reine se meurt ? Est-ce possible ? Elle est encore jeune !

C'était Marie qui avait lancé ces questions. Quant à moi, j'étais restée muette. Les deux nouvelles que venait de me donner le Comte m'apparaissaient aussi terribles l'une que l'autre : la première était l'annonce certaine de l'arrestation de mon époux, la seconde l'approche de la mort de mon amie. Je murmurai enfin :

— Elle n'a plus de raison de vivre.

— C'est exact, Dame Typhaine. La reine se laisse mourir. Elle semble ne pas tenir du tout à la vie. Quant à parler à la princesse Anne, perdez cet espoir : le roi a recommandé Olivier et votre époux à son fils, juste avant sa mort. Je le sais de source sûre. Il lui a demandé sa bienveillance envers eux... Notre dauphin est trop jeune et trop... Enfin, il est trop jeune. C'est tout.

A Noël de cette funeste année 1483, j'appris la mort de mon amie : la reine n'avait que quarante et un ans, sept ans de plus que moi.

Les jours s'écoulaient, apportant successivement des moments d'espoir et d'angoisses. Nous reçûmes deux courriers de Montferrand. Jean avait reçu de nos nouvelles et me répétait de bien prendre soin des enfants et de moi-même.

En janvier de l'an 1484, Anne de Beaujeu convoqua les Etats Généraux et nous apprîmes, en mars, qu'elle élevait notre duc Jean II de Bourbon au rang de Connétable du Royaume.

Nous ne pouvions plus rien espérer.

Jean fut arrêté le 14 mai 1484, à Montferrand, avec son frère Guillaume. Ne voulant pas être jugé par le duc, il demanda à être traduit devant la juridiction royale. Je sus que tous les deux furent transférés aux cachots du Petit Châtelet.

18

1484 - 1486

Qu'il est dur de se sentir impuissant quand souffre un être aimé ! Mon inaction devant l'arrestation de Jean me semblait une trahison. J'attendais impatiemment les courriers qui apporteraient des nouvelles au Comte mais ils étaient bien rares et ne fournissaient guère de nouveaux éléments. Je passais de longues nuits d'insomnies. Souvent, je me levais et marchais dans le parc, tentant de convaincre Dieu de nous venir en aide ! Je me rappelais la résignation de la reine à la mort de ses enfants et mesurais alors tout ce qui manquait à ma foi.

J'essayais de me rendre utile auprès des enfants qui apportaient un dérivatif à mes soucis. Le Comte possédait une bibliothèque assez importante et certaines œuvres me semblaient à leur portée. Je faisais donc, à haute voix, des lectures qui les réunissaient tous autour de moi. Adèle et sa mère se joignaient souvent au groupe.

— Je comprends que notre reine ait tant apprécié vos lectures, me disait la Comtesse. Votre voix donne de la vie à tout ce que vous lisez.

Un soir que les enfants étaient couchés et que nous nous retrouvions réunis, Marie, son époux, sa mère, sa sœur et moi-même, le Comte Gilles nous communiqua une idée qui lui était venue et qui nous redonna confiance :

— Dame Typhaine, vous ne pouvez rien tenter du côté du Duc, et votre démarche serait même une erreur car vous

vous mettriez en danger, vous et vos enfants, ce que Jean veut éviter à tout prix. Par contre, le dauphin Charles va être sacré roi à Reims, puis il fera son entrée à Paris. Il est de coutume de libérer des prisonniers à cette occasion, pour marquer le " Joyeux Avènement ". Peut-être pourriez-vous essayer de parler au roi, avant son couronnement.

Cette annonce ranima mon courage, tant j'avais besoin de me rattacher à quelque espoir, si ténu fût-il. Je décidai de me lancer à l'assaut du nouveau roi, espérant que l'amitié qui m'avait liée à sa mère saurait jouer en ma faveur.

Je partis donc, quelques jours plus tard, laissant mes enfants aux trois femmes. Le Comte Gilles avait décidé de m'accompagner. Il ne voulait pas que je fisse, seule, un si long voyage, et il comptait sur son influence pour arranger une rencontre avec le futur roi. Il avait organisé les relais avec beaucoup de soin et les chevaux régulièrement changés nous emmenèrent à Amboise en quelques jours.

En tant que Chevalier de Saint Michel, le Comte m'obtint rapidement une audience près du Dauphin. J'eus peine à reconnaître le bambin rencontré lors du mariage de la princesse Jeanne. J'avais devant moi un adolescent aux traits plutôt ingrats et qui semblait assez mal à l'aise dans ses nouvelles attributions. Je le saluai.

— Je ne sais, Sire, si vous vous souvenez de moi ?

— Oui, Dame Typhaine. Je me souviens de Lancelot que vous m'avez lu une fois.

Je savais par le Comte Gilles que Charles lisait avec difficulté, n'ayant jamais pris les études à cœur.

— Sire, je viens pour vous demander la grâce de mon époux.

— Votre époux est Jean de Doyat, n'est-ce pas ?

— Oui, Sire. Il a été le serviteur dévoué de votre père. Il est en prison.

— Mon père m'a en effet parlé de lui avant de mourir, Dame Typhaine. Mais on a découvert qu'il n'avait pas été très honnête et qu'il avait pillé notre trésor, le trésor de la France.

Mon cri jaillit, spontané :

— Non, Sire, non ! Jamais Jean n'aurait fait cela. Nous vivions simplement, et Jean a été un fidèle serviteur, honnête envers votre père.

Charles ne répondit pas. Il me tourna le dos quelques instants puis, me regardant à nouveau, me demanda :

— Qu'attendez-vous de moi, Dame Typhaine ? À cause de l'amitié qui vous attachait à ma mère, je voudrais pouvoir vous être utile, mais ...

— Sire, délivrez mon mari. Je sais qu'il est de coutume de libérer des prisonniers au moment de votre entrée en ville de Paris, après le couronnement.

— En effet, Dame Typhaine, en effet. On vous a bien renseigné. Mais uniquement des prisonniers à Paris.

— Mon mari est au Petit Châtelet, Sire.

— Alors, il n'y aura pas de raison pour que ...

Le dauphin s'arrêta dans sa phrase :

— Vous dites qu'il est au Châtelet ?

— Oui, Sire, il a demandé à être traduit devant une cour royale. Il y était autorisé.

— C'est que, c'est que... J'ai autorisé, il y a maintenant quelques jours, le transport de prisonniers hors des murs de la capitale. On m'a fait valoir qu'il s'agissait de prisonniers dangereux qu'il ne fallait relâcher sous aucun prétexte. Il s'agit de savoir si votre mari n'est pas sur la liste des prisonniers transférés.

— Qui vous a fait cette demande, Sire ?

— Il me semble qu'il s'agissait du Duc de Bourbon, qui est Connétable du Royaume.

Mes derniers espoirs s'évanouissaient.

— Sire, n'y a-t-il pas possibilité pour vous de revenir sur cette décision ?

— Certes non, dame Typhaine. Les prisonniers ont déjà

été transportés dans les prisons du château de Sèvres. Ils passeront en jugement. Je vais donner ordre que l'on vous renseigne sur la présence de votre mari ou non.

Je savais d'ores et déjà que Jean faisait partie de ces prisonniers transférés.

Le Duc avait tout prévu. Je n'avais plus aucun espoir.

Dans un cadre enchanteur et près des êtres que j'aimais tant, je traînai ma mélancolie pendant une nouvelle année, m'appliquant à la prière. Les enfants étaient heureux, choyés par quatre femmes, élevés avec leurs cousins, partageant leurs études. Seul Odyle avait rejoint son oncle Godefroy.

Par des courriers successifs nous apprîmes que tout se passait comme le Duc l'avait prévu : après le sacre de notre nouveau roi et son entrée à Paris, les prisonniers furent ramenés au Petit Châtelet. Le procès eut lieu et l'on accusa Jean de nombreux méfaits : d'avoir occasionné la famine en Auvergne, lors du terrible hiver 1480 et de la peste, en taxant le prix du blé, d'avoir fait des gros rançonnements pour la construction des murailles de Cussy, d'avoir accepté l'argent de sorciers et de juifs pour leur éviter un procès, d'avoir perçu les deniers du roi afin de se les approprier, d'avoir proféré de mauvaises paroles contre des personnages du sang, disant qu'ils étaient traîtres au roi.

En juillet de l'année 1485, j'appris que Jean, dont tous les biens avaient été saisis et donnés au Duc, était dégradé de noblesse et banni du royaume. Il avait été condamné à avoir la langue percée et les oreilles coupées et à être battu de verges au Palais Royal et aux Halles. Le Duc avait obtenu qu'il soit à nouveau battu à Montferrand, un jour de marché.

Lorsque j'appris tout cela, la sentence avait déjà été exécutée à Paris.

19

1486 - 1495

Les murs épais et sombres de la prison de Montferrand suintaient d'humidité. Le gardien qui me conduisait à la cellule de Jean boitait fortement, et de longs cheveux sales sortaient de son bonnet de laine usé.

— Une visite pour toi, le santoreille ! dit-il en introduisant une grosse clé dans la serrure d'une lourde porte de fer.

J'étais en retrait. Je m'avançai. À la lumière qui entrait parcimonieusement par la lucarne du fond, je le vis, debout, massif.

— Une dame, tu as de la chance, une dame. Vous êtes sûre que vous voulez entrer ? Parce que je suis obligé de fermer la porte derrière vous. Je reviens dans un quart d'heure.

Je me glissai alors dans la cellule. Ce n'est qu'à ce moment que Jean me reconnut. Nous restâmes à nous regarder, sans un mot, sans un geste.

— Bon, et bien je vous laisse. À tout à l'heure.

L'homme partit. J'approchai mes mains du visage de Jean. Je caressai la joue rugueuse. La barbe avait poussé. Des lambeaux de chair pendaient à l'emplacement des oreilles.

— Pourquoi, pourquoi es-tu venue ? me demanda-t-il

— Personne ne sait qui je suis.

Il me serra brusquement dans ses bras, très fort, et je l'entendis réprimer un sanglot. Nous restâmes un long moment enlacés. Puis je me dégageai pour le regarder à nouveau.

— Je ne te quitte plus. Je reste ici jusqu'à ce que tu puisses partir.

Il me serra à nouveau et ne répondit pas.

— Laissez-moi vous regarder, Jean Doyat, lui dis-je en me libérant de son étreinte. D'abord, j'entends que vous pouvez parler. Je pensais que vous ne pourriez plus émettre que des grognements. Je me disais que je serais seule à parler et que je ne serais jamais contredite. Tant pis pour moi. Ensuite, une petite toilette ne vous ferait pas de mal.

Il me lâcha :

— J'ai honte de t'embrasser en étant si sale et si puant.

Il s'exprimait avec quelques difficultés, mais était très compréhensible.

— Tu sais que c'est demain, ajouta-t-il.

— Je sais... J'ai une voiture et nous partirons après. J'ai acheté une petite maison dans le Piémont avec ce que tu m'avais donné. Et nous aurons des moutons, et nous serons ensemble toujours, toujours, toujours, et personne ne nous connaîtra et nous serons heureux...

Je parlais vite et me mis à pleurer.

— Typhaine, murmurait-il, Typhaine, ne pleure pas.

Je me redressai :

— Je ne pleure pas. Pourquoi dis-tu que je pleure ?

Il me serrait à nouveau et m'embrassait en disant :

— Et nous serons très heureux, très heureux...

Je me repris brusquement. Je savais que les instants qui nous étaient accordés étaient comptés et que le gardien allait revenir.

— Je serai sur la place, demain, lui dis-je. Je prierai pour toi tout le temps. Après, Godefroy s'est arrangé pour que l'on te transporte pour les soins les plus importants. Dès que tu seras un peu remis, nous partirons. Je ne te quitterai plus, plus jamais, c'est la dernière nuit que tu passes sans moi.

Nous entendîmes le pas du gardien. Il s'approchait et je

m'éloignai de Jean. La clé tourna dans la serrure tandis que le gardien me demandait :

— Tout s'est bien passé, ma petite Dame ?

Je précédai le gardien dans le couloir sans me retourner vers la cellule.

Nous étions au mois de mars. Il faisait froid, c'était jour de marché. Jean fut poussé violemment vers le poteau où il fut attaché. Il était couvert de haillons et on ne lui avait pas permis de garder son bonnet qui aurait dissimulé les lambeaux de chair marquant l'emplacement des oreilles. Une foule haineuse riait à chaque coup de fouet en criant : " c'est bien fait pour toi, le santoreille ". Deux images s'imposaient à moi : celle d'abord du jeune homme que j'avais vu au poteau d'infamie à Cussy il y avait vingt ans, puis celle de cette même place pendant le si dur hiver de 1480. Se pouvait-il que six années seulement séparassent les scènes de reconnaissance que les habitants de Montferrand nous avaient prodiguée avant notre départ de la ville, secourue par Jean avec tant de dévouement ?

Que d'amour je ressentais pour cet homme qui ne poussait pas un cri, mais grimaçait de douleur !

A midi, Godefroy et moi-même pûmes enfin le rejoindre. Nous le portâmes, aidés de deux jeunes hommes qui acceptèrent le travail contre bonne rémunération, dans une petite maison connue de mon beau-frère. Son dos et sa poitrine étaient en sang. Il voulait partir de suite, quitter cette ville ingrate, mais je le décidai à accepter quelques soins et du repos.

Le lendemain matin, une dame âgée se présenta à la porte, tenant par la main une petite fille d'environ six ans. D'un panier, elle sortit des onguents qu'elle me tendit en me disant timidement :

— Ce n'est pas grand-chose, mais je crois que ça pourra

faire passer la douleur et soigner les plaies.
Comme je prenais ces onguents avec méfiance, elle ajouta :
— Je me souviens de vous, et de lui.
En me montrant l'enfant, elle ajouta :
— Ma petite-fille vit grâce à vous. Sa mère, ma fille, est morte pendant la peste.
Elle partit aussitôt, avant que je n'eusse dit un seul mot.

Nous partîmes deux jours plus tard pour le Piémont. Jean ne voulut pas voir les enfants. Ils étaient en sécurité près de ma sœur et de son mari et bientôt tous en âge de se débrouiller seuls .

Combien je fus reconnaissante à Marie et au Comte d'avoir évité, tant à moi qu'à toute ma famille, les humiliations qui s'abattirent sur celle de Jean ! Quelle haine soutenait donc notre Duc infirme et vieillissant ? Il s'acharna sur les frères de Jean : Guillaume, lieutenant de bailliage à Montferrand, resta emprisonné pendant 15 mois, perdit sa charge et fut condamné à une amende énorme. Godefroy, abbé de Mauglieu, fut expulsé de son abbaye par ordre du roi. Claude, évêque de Saint Flour, vit sa nomination annulée par le pape Sixte IV, grâce bien sûr aux actions de Jean de Bourbon ! Quant à Pierre, Garde des Sceaux au Tribunal des Exempts de Cussy, il perdit, lui aussi, sa charge.

Nous vécûmes tous deux dans un village du Piémont. Nous avions une modeste maison et une cinquantaine de moutons. Jamais nous n'étions restés ainsi, ensemble, sans jamais nous quitter. Des liens nouveaux se créaient, nous vivions ignorés du monde. Le Comte de Surcy nous faisait parvenir des courriers pour nous donner des nouvelles de notre famille. Les enfants me manquaient mais nous les savions heureux et en sécurité. Je peux t'assurer que nous eûmes, malgré les apparences, des années de bonheur. Nous nous suffisions l'un à l'autre. Jean, devenu tout d'abord amer, irritable et violent, après son emprisonnement, redevint tendre et doux. Il retrouva même le goût de la plaisanterie.

— Sais-tu, ma Typhaine, me disait-il souvent, que le meilleur choix de ma vie fut celui de t'épouser ?

— Regrettes-tu d'avoir servi le roi ? lui répliquai-je un jour.

— Certes non. Je le referais si c'était à refaire. Et une décision que je ne regrette pas non plus, c'est le secret de notre mariage. Il ne reste aucune preuve de l'existence de la femme de Jean Doyat.. Tu restes toujours Typhaine des Guérets. Qui peut te retrouver ici ?

Le commerce de nos moutons nous permettait de vivre à notre aise. Jean était devenu plus respectueux de la religion. Nous avions de longues discussions sur Dieu, sur l'Eglise, et nos positions, si éloignées auparavant, se rejoignaient dans une entente qui supposait un changement des deux parties.

Par un courrier du Comte, nous apprîmes, en 1488, la mort du Duc, Jean II de Bourbon, notre pire ennemi. Mon père mourut l'année suivante.

Nous aurions été pleinement heureux sans la pensée que le nom des Doyat était entaché de honte et que nos enfants pouvaient en supporter les conséquences.

En 1493, nous reçûmes un courrier du Comte Gilles. Il informait Jean que le jeune roi Charles VIII, maintenant âgé de 23 ans, se trouvait dans un grand embarras. Il avait rassemblé une armée et se disposait à franchir les Alpes. Mais comment l'artillerie pourrait-elle franchir les montagnes ?

Jean s'assit devant notre grande table en bois.

— Il n'y avait que les frères Bureau pour résoudre ce problème, me dit-il. Et tous les deux sont morts.

Il garda un moment de silence.

— Je me demande pourquoi Gilles m'envoie cette nouvelle, murmura-t-il enfin.

J'en avais une idée. Lui aussi. Nous nous regardâmes.

— Non, lui dis-je avant qu'il n'eût dit quoi que ce soit.

— Pense aux enfants... et il ne me déplairait pas...
— Le roi Charles est un ingrat et un faible !
Jean se mit à rire :
— Est-ce ma femme qui parle ainsi ? Où est donc le respect dû à notre souverain ? Ma petite paysanne se révolte ?
— Il a permis que l'on te torture, que l'on te batte, que l'on te ruine, que l'on te bannisse... et tu voudrais lui venir en aide ?
J'avais presque crié et je fondis en larmes. Mon corps était secoué de soubresauts et il me semblait que je ne pourrais pas m'arrêter. Jean m'entoura de ses bras.
— Allons, allons, calme-toi. Je ne ferai rien si tu n'es pas consentante. Rien.
Je reprenais mon souffle et l'embrassai passionnément.
— Je t'aime tant, lui dis-je.
— Je le sais. Et moi aussi, je t'aime. Ne sommes-nous pas heureux à vivre oubliés du monde ? Ta présence me suffit... Ne pleure plus !

Quelques jours plus tard, j'envoyai un courrier au Comte Gilles, l'informant qu'il pouvait proposer les services de Jean au roi. Je lui écrivis : *« Dites-lui que Jean Doyat a servi sous les ordres des frères Bureau, durant la ligue du Bien Public, et qu'il sera toujours présent pour servir la France et son roi »*.

La réponse royale ne se fit guère attendre. Tandis que je rejoignais ma famille à Cussy, Jean rencontrait Charles le Huitième à Grenoble. Tu sais la suite : ton grand-père fit passer les Alpes à l'artillerie tout entière, sans perdre une seule pièce[1]. Tu sais également combien le " Santoreille ", comme on l'appelait, fut acclamé par ses soldats. Je n'ai pas besoin

(1) Il y avait 36 canons de bronze pesant chacun 6 000 livres, autant de couleuvrines, quarante faucons, cinquante arquebuses à crochets et sur chevalets, cinquante charrettes contenant des munitions et quatre cents chevaux.

de revenir sur ces détails que tu connais bien et qui font la gloire de notre famille.

Après cet exploit, le roi reçut Jean et insista pour que je l'accompagnasse.

— Dame Typhaine, me dit-il, je tenais à vous remercier de la part de la France. Mon père avait raison en disant que votre époux était un des meilleurs serviteurs de son pays. Je souhaite que vous oubliiez l'accueil que j'ai pu vous faire quand j'étais encore enfant.

— Merci, Sire. Je ne veux retenir que les bons jours et celui-ci en est un.

— Je viens de donner une nouvelle mission à votre époux. C'est lui que je charge de régler les clauses d'un traité entre Naples et la France. Que désirez-vous pour vous, Dame Typhaine ?

— Pour moi, rien, Sire. Je veux accompagner mon époux à Naples, puis retourner dans le Piémont où nous nous sommes établis depuis dix ans maintenant. Nous y avons vécu loin de la Cour. Il me serait difficile désormais de vivre autrement. Je vous serais reconnaissante de penser à nos enfants.

— N'ayez crainte, Dame Typhaine, je veillerai sur leur carrière.

Nous partîmes ensemble pour Naples. Nous n'aimions pas nous séparer et je m'étais difficilement faite à l'idée de ne pas pouvoir le suivre dans les Alpes ! Mais j'avais pu revoir mes enfants et cela avait été un grand bonheur.

Nous étions descendus dans une auberge près d'Aversa, en Campanie. Ce n'était pas très loin de Naples.

Ce soir-là, nous avions dîné et Jean était gai. Il me dit simplement vers la fin du repas qu'il était un peu fatigué et qu'il allait se coucher. Je le laissai monter à notre chambre tandis que je m'attardais à regarder le soleil descendre à l'horizon. Les couleurs étaient superbes, dans les rouges orangés. Je me souviens que je remerciai Dieu pour la beauté du monde et le nouveau bonheur de Jean qui avait retrouvé son honneur.

Quand je montai dans la chambre, je vis Jean, étendu sur le lit, sans vie.

Epilogue

Mon idée première avait été de partir au Couvent de Cussy et d'y finir ma vie. Marguerite de Lespinasse était alors abbesse. Mais j'appris en 1496, alors que je me préparais à quitter le Piémont, que Marguerite résignait son abbaye en faveur de sa nièce Françoise, alors âgée de 12 ans. Le pape lui-même, Alexandre VI de Borgia, signa les bulles de nomination.

Je me refusai à gagner le couvent dans ces conditions et Dieu m'aida bien dans mon choix. Tu as su quels désordres ont suivi cette nomination et à quelles extravagances la jeune abbesse fut conduite...

Je décidai donc de terminer mes jours dans ma maison du Piémont, là où je vécus ces dernières années près de Jean, là où nous nous sommes aimés dans l'adversité et où nous avons retrouvé ensemble la paix et le bonheur. Je vis simplement, tu le sais. Mais je suis bien entourée. Françoise est venue s'installer ici, avec son fils Yves qui veille avec soin sur notre vieillesse. Il est marié et a de beaux enfants auxquels j'apprends à lire.

Notre jeune roi Charles est mort peu de temps après Jean. J'ai su que Louis, au mariage duquel j'avais assisté, lui a succédé sous le nom de Louis XII. Je sais également que Jeanne, délaissée par son mari, est entrée au couvent où elle doit enfin vivre heureuse et en paix.

Il y a quelques mois, j'ai eu la joie de recevoir ton cousin, Jean de Doyat, le fils d'Odyle, mon petit-fils, qui venait d'être nommé Chevalier par le roi lui-même. Il n'a que vingt et un ans, mais a combattu vaillamment aux côtés de nos courageux soldats Bayard et Gaston de Foix. Combien il ressemble à ton grand-père !

Je me prépare à m'endormir dans le repos du Seigneur. Je veux être enterrée dans le Piémont, près de Jean, celui que j'ai tant aimé.

Sur sa tombe, j'ai fait écrire :
" Fais ce que devra, advienne que pourra ".

Ce qu'ils sont devenus

— Anne de Beaujeu : Madame la Grande eut 2 enfants. Elle meurt en 1522 au château de Chantelle.

— Jeanne délaissée par son mari Louis d'Orléans dès la mort de Louis XI, voit son mariage annulé en 1498. Elle entre en religion, fonde l'Ordre de l'Annonciade et meurt en 1505. Elle sera canonisée.

— Charles VIII : a épousé Anne de Bretagne pour préparer l'annexion de la Bretagne à la France. Il meurt en 1498.

— Louis d'Orléans : devient Louis XII à la mort de Charles VIII (1498) dont il épouse la veuve, Anne de Bretagne. Il meurt en 1515.

— Jacques de Brézé : enfermé au château de Vernon après son crime, fut jugé et condamné à 5 ans de prison. Une partie de ses biens furent confisqués, mais Louis XI les lui rendit à sa sortie de prison.

— Louis de Brézé : fils de Jacques de Brézé et de Charlotte, qui a assisté à l'assassinat de sa mère, devint comte de Mélévrier et grand sénéchal de Normandie. Déjà âgé, il épousa la toute jeune Diane de Poitiers, descendante de Louis XI par l'une de ses bâtardes. A sa mort, Diane lui fit édifier un superbe tombeau dans la chapelle axiale de la cathédrale de Rouen (dite chapelle d'Amboise).

— Anne de Chouvigny de Blot fut rétablie abbesse du couvent à la mort de Louis XI, mais elle mourut deux ans plus tard et fut remplacée à nouveau par Marguerite de Lespinasse.

— Marguerite de Lespinasse : abbesse du couvent de Cussy de 1476 à 1484, puis de nouveau de 1486 à 1496, date à laquelle sa nièce âgée de douze ans, Françoise de Lespinasse, devient elle-même abbesse. Marguerite de Lespinasse meurt en 1511.

Les enfants de Jean :

— Odyle : reprend le titre de baron de son père. Il eut trois fils: Jean et Gilbert furent écuyers et Jean deviendra, à 21 ans, le chevalier de Doyat. Pierre sera Chantre au Chapitre Notre Dame de Cussy, après son oncle Pierre.

— Pierre : devint Chantre au Chapitre de Cussy.

Pas de document pour les autres enfants.

Il n'y a aucun document sur la femme de Jean Doyat.

Bibliographie:

— *«Louis XI, homme d'Etat, homme privé»*, d'Emmanuel Bourassin (Editions Tallandier).
— *«Histoire de Cusset»*, de Paul Duchon.
— *«Cusset, place forte de Louis XI»*, de Jean Boyer.

Achevé d'imprimer en mai 2005
dans les ateliers de l'ACAP à Vertaizon (63).

FABRIQUÉ EN AUVERGNE

Dépôt légal: 2ème trimestre 2005.